SŒURS

Née en 1990, Daisy Johnson est une nouvelliste et romancière anglaise. Elle a publié en 2016 un recueil de nouvelles, *Fen*, qui a été encensé par la critique outre-Manche et a reçu le Harper's Bazaar Short Story Prize, le A.M. Heath Prize et le Edge Hill Short Story Prize. *Tout ce qui nous submerge*, son premier roman, a été finaliste du prestigieux Man Booker Prize en 2018.

Paru au Livre de Poche :

Tout ce qui nous submerge

DAISY JOHNSON

Sœurs

ROMAN TRADUIT DE L'ANGLAIS
PAR LAETITIA DEVAUX

STOCK

Titre original :
SISTERS

ISBN : 978-2-253-93473-8 – 1re publication LGF

À mes sœurs, Polly, Kiran, Sarvat et Jess
À mes frères, Jake et Tom

Ma sœur est un trou noir.
Ma sœur est une tornade.
Ma sœur est le terminus ma sœur est la porte verrouillée ma sœur est un coup de feu dans l'obscurité.
Ma sœur m'attend.
Ma sœur est un arbre qui tombe.
Ma sœur est une fenêtre murée.
Ma sœur est un os du bonheur ma sœur est le train dans la nuit ma sœur est le dernier paquet de chips ma sœur est une grasse matinée interminable.
Ma sœur est une forêt en flammes.
Ma sœur est un navire qui sombre.
Ma sœur est la dernière maison dans la rue.

PREMIÈRE PARTIE

Septembre et Juillet

Une maison. Un aperçu à travers la haie, à l'autre bout des champs. Blanc sale, fenêtres qui s'affaissent dans la brique. Main dans la main sur la banquette arrière et sous le rayon de soleil qui filtre par le toit ouvrant. Épaule contre épaule, nous partageons toutes deux le même air. La route est longue, elle remonte la colonne vertébrale du pays, esquiver Birmingham par son périphérique, passer Nottingham, Sheffield, Leeds, s'engouffrer dans la chaîne des Pennines. Cette année hantée. Quoi ? Cette année où, comme les précédentes, nous n'avons pas d'amis et sommes par nécessité livrées à nous-mêmes. Cette année où nous les avions attendues sous la pluie près du vieux court de tennis. À la radio : *Des températures plus élevées en provenance du sud… Opération de police signalée à Whitby.* Les mains de maman qui frottent, frottent, frottent le volant. Nos pensées qui volent comme des hirondelles. Le capot de la voiture qui monte et descend comme une proue. Il y a la mer quelque part. Tirer la couette sur nos têtes.

Cette année où la terreur vient d'ailleurs.

La route qui serpente au loin puis plonge hors de vue, cahots cahots cahots quand on passe du goudron au chemin de terre. Maman pleure ? Je ne sais pas. Faut-il lui demander ? Pas de réponse, de toute manière, la maison est là. Trop tard pour faire marche arrière, pour tout recommencer, pour se comporter autrement. Cette année où nous sommes maisons, toutes fenêtres éclairées et portes qui ferment mal. Lorsque l'une de nous parle, nous sentons toutes les deux les mots sur notre langue. Lorsque l'une de nous mange, la nourriture descend dans chacun de nos gosiers. Si on nous avait ouvertes en deux, ni l'une ni l'autre n'aurions été surprises de découvrir que nous partageons des organes, que les poumons de l'une respirent pour deux, qu'un cœur unique bat d'un pouls redoublé et fébrile.

Juillet

1

On arrive. On y est.

Cette maison qui était notre destination. Cette maison pour laquelle on a tout quitté. Échouée sur la lande du Yorkshire à peine en retrait de la mer. Nous avons les lèvres irritées et gercées à force de lécher des chips salées, les membres lourds et ankylosés d'une douleur grandissante. Le volant était bouillant, la route éblouissante. Nous sommes depuis des heures affalées sur la banquette arrière. En montant en voiture, maman a déclaré, On va essayer d'arriver avant la nuit. Puis plus rien pendant longtemps. Nous imaginons qu'elle pourrait dire, Tout ça, c'est votre faute, ou alors, On n'aurait pas eu besoin de partir si vous n'aviez pas fait ce que vous avez fait. Ce que ça signifie, évidemment, c'est, si nous n'étions pas nées. Si nous n'avions jamais vu le jour.

Je presse mes mains l'une contre l'autre. Incapable de définir cette peur, je sais juste qu'elle est immense.

La maison est là. Blottie comme une enfant près du muret en ardoise, le pré pour les moutons désert parsemé de crottes desséchées et de buissons épineux aussi hauts que des humains. La bouffée d'air frais contre celle de renfermé quand j'ouvre la portière. L'odeur de fumier. Les haies à l'abandon, les herbes folles qui poussent à travers le béton, le petit jardin jonché d'objets – vieilles têtes de pelle, sacs en plastique, pots de fleurs brisés et leur motte presque encore vivante. Perchée sur le muret inégal du jardin, Septembre se balance, les dents serrées en ce qui est peut-être, mais peut-être pas, un sourire. Les fenêtres aux volets clos, le reflet de son corps et de mon visage aux orbites caverneuses et, un peu plus loin, notre mère à bout de fatigue adossée à la voiture.

Les murs blancs de la maison sont tachés de traces de mains boueuses, leur cœur fendillé et affaissé, le plancher de l'étage incurvé vers le rez-de-chaussée comme une main autour d'un poing. Un échafaudage en tas contre un mur, des morceaux d'ardoises du toit éparpillés sur le chemin. Je cherche le bras de Septembre et je me demande si, en enfonçant les dents dans sa peau, je pourrais deviner ses pensées. Parfois, ça marche. Pas parfaitement, mais avec un bourdonnement évocateur. Un peu comme quand maman allume des radios dans plusieurs pièces en même temps, et que depuis le couloir on entend leur écho car elles sont un peu en décalage. Mais elle tourbillonne hors de ma portée telle une toupie tout en caquetant comme une pie.

Je cherche un mouchoir au fond de ma poche. Je souffle dedans. Le soleil qui commence à plonger dans le ciel brûle encore mes épaules nues. J'ai dans la poche des pastilles contre la toux couvertes de peluches. J'en glisse une à l'intérieur de ma joue.

Sur le mur de la maison, il y a un panneau très sale. Je l'essuie avec mon mouchoir jusqu'à faire surgir ces mots : Settle House. Nous n'avons jamais habité une maison avec un nom. Nous n'avons jamais habité une maison comme celle-ci : avec de la rancœur, sansformeapparente, toute sale. Septembre virevolte. Je ferme très vite les yeux cinq fois pour éviter qu'elle tombe, et que, même si ça arrive, elle retombe sur ses pattes comme un chat.

Je me retourne pour chercher maman. Toujours appuyée contre la voiture, comme si elle avait le corps trop lourd pour le soutenir. Depuis ce qui s'est passé au lycée, elle est taciturne et silencieuse. Le soir, dans la maison d'Oxford, nous l'entendions arpenter l'étage. Elle prononçait à peine quelques mots, elle évitait notre regard. On dirait une autre personne dans un corps reconnaissable. J'aimerais la retrouver comme avant. Elle pousse la barrière du jardin du bout de sa botte.

J'ai besoin d'un coup de main, lance-t-elle au passage. Ursa a dit que la clef était sous la grenouille.

On se met en quête de la grenouille. Des insectes bourdonnent sur le sol. Je creuse un peu, je trouve un ver, puis je panique à son contact doux et mou.

On n'a pas de temps à perdre, dit maman. Alors, courbées en deux, on cherche jusqu'à ce que je la sente sous mes doigts, cette grenouille en pierre aux grosses lèvres et aux yeux tout ronds presque entièrement recouverte de végétation. Maman la retourne du bout du pied et pousse un gémissement, Pas de clef. Un classique, lâche-t-elle. Un classique, elle répète, puis elle se frappe à trois reprises sur les cuisses avec les poings.

Au fond du champ, les nuages de mai couleur acier s'assemblent et enflent de façon inquiétante. Je les montre en disant, La pluie arrive.

Oui. Vite. La clef.

On abandonne le tas de nos bagages et on entreprend de soulever les pots de fleurs vides, d'écarter l'herbe avec nos pieds. Je déniche quelques pièces de monnaie dans la terre. De l'autre côté de la maison, il y a un petit chemin et un jardin avec des dalles empilées contre le mur, de l'herbe boueuse à force d'avoir été piétinée, des râteaux en métal qui traînent. Peut-être aussi ce qui a fait office de barbecue, avec un tas de cendres au milieu d'une structure en briques fendues. Il y a des coquillages incrustés dans le mur de la maison et, par terre, du sable mêlé à des petits cailloux. Je jette un coup d'œil par une fenêtre. De l'autre côté de la vitre : des murs sombres et des étagères – peut-être un garde-manger. Je crache dans ma paume et je frotte le verre. Je distingue le rectangle plus clair d'une porte, ensuite, ce qui pourrait être un canapé ou une table, et sans doute la première marche d'un escalier.

Septembre presse son visage près du mien. Les mains en coupe sur le verre, la senteur sucrée de ce parfum volé chez Boots près du lycée, l'odeur de ses dents pas brossées. Elle écarquille les yeux, agite sa langue, me pince le bras. Il y a un problème avec mon visage, mes joues sont plus longues qu'elles ne le devraient, mes yeux aussi étroits que des fentes de parcmètre.

Je ressemble à maman. Ou, d'après elle, à sa mère, notre grand-mère en Inde où nous ne sommes jamais allées. Septembre est différente. Nous n'avons aucun souvenir de notre père, mais elle doit être comme lui : cheveux lisses, duvet blond sur les joues, yeux aussi clairs qu'un animal des neiges.

Au fil des années, nous avons glané des informations sur lui au compte-gouttes, mais il fallait se battre pour ça. Il avait rencontré maman alors qu'à vingt-trois ans elle était en vacances à Copenhague, où il habitait à l'époque. Il l'avait escortée dans la ville pendant trois jours. Elle nous avait dit qu'il était comme ça. Il parlait parfaitement anglais, car il avait grandi dans notre pays, mais il aimait s'adresser à elle en danois, car il adorait le fait qu'elle ne comprenne pas. Il était comme ça aussi. Il était mort. Comment ? avions-nous demandé pendant quatre ans avant qu'elle capitule. Noyé dans la piscine d'un hôtel du Devon. Ils n'étaient plus ensemble à l'époque. Nous trois – Septembre qui avait alors à peine cinq ans et moi juste un peu moins – vivions ailleurs. La sœur de notre père avait mis presque un an à nous annoncer sa mort par téléphone. Nous avions appris à ne pas poser de questions sur lui. Nous n'avions pas les mots pour le décrire. Nous ne le connaissions pas. Septembre avait un jour dit à maman qu'il était un hurlantrubanbutinfilou et maman avait ri en disant que c'était vrai, puis elle avait gardé le silence pendant des heures avec cette tête que nous avions appris à reconnaître. Tous les trois ou quatre ans, à Noël, Ursa, la sœur de notre père, nous rend visite. Septembre et moi, nous essayons parfois de lui arracher des informations, mais elle ne capitule jamais. Ursa roule en voiture décapotable, elle ne reste pas plus d'une journée, elle ne dort pas chez nous mais à l'hôtel. Elle est blonde et elle a les cheveux courts, si bien que quand on arrive dans son dos sans prévenir, on peut s'imaginer que c'est papa. Un père disparu depuis longtemps, la raison de la tristesse de notre mère et celle de notre existence. La maison sur la lande appartient à Ursa, mais elle n'y habite pas, elle la loue à des gens comme nous qui n'ont nulle part où aller.

Le vent se lève un peu. Sur le flanc de la maison, la fenêtre est étroite mais mal fermée, alors nous forçons.

Maman a ramassé une pierre dans le pré et s'apprête à la lancer contre le panneau de verre le long de la porte. Je mets les mains sur mes oreilles. Mon sang bat, l'inquiétude grandit dans la moelle de mes os et me serre la gorge.

Il y a une fenêtre ouverte, hurle Septembre. Je crois qu'on peut entrer par là. Maman tourne son visage de pierre, ses lèvres incurvées vers le bas gravées dans sa chair.

La pièce avec la fenêtre ouverte est en effet un garde-manger. Nous nous y glissons en nous tenant par la main. À l'aplomb de la fenêtre, le carrelage sale est cassé à l'endroit où il rejoint le mur humide. Sur les étagères en bois, des boîtes de soupe et de haricots, deux paquets de spaghettis d'une couleur indéfinissable. Une odeur douce, presque écœurante, que je ne parviens pas à identifier. Le plafond est bas et l'ampoule nue frôle le sommet de mon crâne.

Septembre chantonne comme quand elle est joyeuse et qu'elle veut me le faire savoir. Ses petits bruits peuvent signifier plein de choses. Bonjour, comment tu vas/viens ici/arrête/tu m'ennuies. Je me rends compte que j'ai peur de la maison, de la colère de maman et d'ennuyer Septembre. Nous sommes déjà venues une fois ici, mais je ne m'en souviens pas très bien.

Qu'est-ce que c'est ? je demande.

Quoi ?

Cette odeur.

Je ne sais pas. Une souris morte ?

Dis pas ça.

Par la porte du garde-manger, on distingue un couloir. Sur la gauche, l'entrée de la maison et, à côté, une porte qui mène, peut-être, à une salle de bains. En face, l'escalier, sur la droite, une autre porte et, devant nous, le salon. La disposition des pièces semble mauvaise, contre-intuitive, avec ce garde-manger qui donne directement dans le salon. Il y flotte une odeur de nourriture avariée. On passe au salon. Dans un coin de la pièce, une silhouette voûtée, une forme indéfinie, des replis de tissu. Je serre très fort la main de Septembre. C'est impossible qu'on soit ici. C'est impossible qu'on reste ici. Sur la table toute proche, une lampe vers laquelle je me précipite. Au passage, je fais tomber quelque chose qui heurte bruyamment le sol. J'ai dans le ventre une ruche d'abeilles bourdonnantes. En s'allumant, la lampe émet un son aigu.

Ce n'est rien, dit Septembre. Ne t'inquiète pas, bête de Juillet.

Elle allume toutes les lumières. Qui brillent un peu trop, comme si les ampoules n'avaient pas la bonne intensité. Il flotte une odeur de brûlé et, quand je regarde à l'intérieur des lampes en forme de coupe, j'y découvre des toiles d'araignées et des mouches mortes. Il y a de vieilles couvertures sur le canapé et le fauteuil, deux tasses qui traînent sur une table basse, une pile de journaux en dessous. Une cheminée sous une poutre en linteau avec un tapis sale devant. Une petite fenêtre qui procure un peu de lumière. Le plafond est bas, avec des poutres apparentes. Si nous étions un peu plus grandes, nous serions obligées de nous baisser. Derrière l'escalier, une bibliothèque vide. L'objet que j'ai fait tomber de la table a en partie glissé sous le canapé. En le récupérant, je sens de la terre sur mes mains. Le verre est fendu. Septembre passe les bras autour de ma taille et pose le menton sur mon épaule.

Regarde, un fourmirama.

Je retourne l'objet entre mes mains. Elle a raison : deux panneaux de verre assemblés dans une boîte étroite qui contient de la terre où l'on distingue des rigoles, des excavations, des tunnels qui s'effondrent quand on l'agite.

Je l'ai cassé, je dis, et j'ai la sensation – dense, écœurante et inévitable – de ce que ça ferait de digérer de la terre pour m'y frayer un chemin.

On peut le réparer, elle affirme. Il doit bien y avoir du scotch quelque part. On trouvera des fourmis à y mettre.

Il y a du bruit à la porte, maman qui nous rappelle sa présence. Je vais ouvrir. Elle a le visage terriblement las, on dirait qu'elle n'a pas dormi depuis une semaine. L'hiver a été long, un Noël sinistre annonciateur de ce printemps terrible. La bagarre au lycée en mars, la surface détrempée des courts de tennis à l'abandon, la boue sur nos pieds nus, et ces mains qui me donnaient l'impression d'être celles de quelqu'un d'autre. On avait passé les deux mois suivants à Oxford, puis mai était arrivé, et les tempêtes avaient laissé place à la chaleur. J'ai envie de toucher le visage de maman et qu'elle me prenne dans ses bras comme avant, quand on s'entassait toutes les trois sur le grand lit. Mais elle s'avance mâchoire serrée et lâche les sacs par terre près de moi. Moi aussi, je suis fatiguée depuis que je ne vais plus au lycée ; certains jours, j'ai l'impression de porter un deuxième corps sur mes épaules. J'ai envie de lui confier ça, et qu'elle me dise que rien n'a changé, qu'elle sait comment me faire aller mieux.

On la regarde monter les marches. Septembre siffle entre ses dents et prononce son prénom tout bas comme quand elle cherche à l'embêter : *Sheela*. Maman semble hésiter un instant, elle pourrait redescendre, mais elle reprend son ascension. Ses bottes cognent contre le bois des marches. Elle a sa couette sous un bras et son dossier de travail sous l'autre. On tend l'oreille jusqu'à ce que la porte se referme. Elle avait déjà été triste, mais jamais à ce point.

Elle est tellement en colère, je dis.

Je sens la contrariété grandir en Septembre.

Elle ne va pas passer sa vie à être en colère, elle déclare.

Peut-être que si.

Pas contre toi, m'assure Septembre en tirant sur ma tresse, ce qui me fait monter les larmes aux yeux.

La porte la plus éloignée de l'entrée ouvre sur une petite cuisine tout en longueur. Il y a des plaques à four sales dans l'évier, un sachet de pain vide, quelques tasses. Ainsi qu'une minuscule fenêtre. Je me hisse tant bien que mal sur le plan de travail pour soulever le loquet mais la fenêtre résiste. Je me rends compte qu'elle est scellée par de la peinture, et son bois tendre cloué pour faire bonne mesure. Je saute du plan de travail. Il y a plusieurs petits mots sur du papier jaune accrochés au frigo. Je reconnais l'écriture des cartes d'anniversaire d'Ursa. Un A et un J qui proviennent d'une série de lettres magnétiques. Ça paraît indiscret de lire ces mots, mais je le fais quand même. J'y cherche une sorte de langage secret, des informations que je pourrais communiquer à Septembre. Mais il n'y est question que du passage des éboueurs, de la porte du jardin qui ferme mal, de la liste de ce qu'il ne faut pas faire brûler dans la cheminée. La cuisine est si sale que ça me donne des démangeaisons. Je fais couler l'eau du robinet jusqu'à ce qu'elle soit très froide puis je me frotte les mains dessous, mais même l'eau paraît enrobée de quelque chose, adoucie par du limon. Depuis le seuil, Septembre siffle quelques notes pour attirer mon attention et m'obliger à la rejoindre.

Ça va, bête de Juillet ?

Oui.

À côté du garde-manger, il y a une salle de bains avec une baignoire et des toilettes. Septembre allume l'halogène. Quelqu'un était ici il y a encore peu de temps : un morceau de savon traîne sur le lavabo où il reste de la mousse, deux flacons de shampoing gisent dans la baignoire et une tache de ce qui ressemble à du maquillage est visible par terre.

C'est à qui ? je demande, prise de nausée dès que je passe le doigt sur le savon.

Je ne sais pas. Des locataires. J'ai entendu maman parler avec Ursa au téléphone, je crois qu'elle les a virés pour nous.

Combien de temps on va rester ici ?

Pourquoi tu me demandes ça ? se vexe Septembre avant d'ajouter, Je sais pas pourquoi maman a voulu qu'on vienne.

De la peau morte, je dis en passant les doigts sur le lavabo.

Septembre me lance un regard noir puis franchit la porte.

À cause du long trajet et des sandwichs à l'oignon et au fromage achetés dans une station-service, j'ai l'impression d'avoir les dents sales. Tout à coup, je me souviens qu'on a oublié nos brosses à dents, restées sur le lavabo de notre ancienne maison, cette maison où on ne retournera pas. Je vais au salon le dire à Septembre, mais elle est à l'étage. Je l'entends marcher au-dessus de ma tête. De la terre bouge dans le fourmirama comme si quelque chose venait de le traverser.

Des courants d'air chauds passent sous la porte et descendent dans le conduit de cheminée. J'ai envie d'entendre le son de ma voix contre les murs blancs. On a l'impression que cette pièce était animée il y a peu. Je prononce le nom de Septembre le plus bas possible, mais, même là, c'est encore trop fort. J'ai la sensation de toutes ces pièces derrière moi, que je ne peux englober d'un seul regard. J'inspecte la cuisine et le garde-manger mais il n'y a personne, rien que le murmure des néons. Je monte les marches deux à deux. Je sens quelque chose derrière moi, quelque chose sur mes talons. Quand je me retourne sur le palier, il n'y a rien.

L'étroit couloir débouche sur trois pièces. La première chambre a des lits superposés dans un coin, et rien d'autre. Ils n'étaient pas là la dernière fois, je me souviens qu'on dormait sur des matelas par terre. Il y a des choses que je me rappelle et des choses qui ont changé. Je ne vois pas Septembre jusqu'à ce qu'elle se redresse sur le lit du haut en se moquant de moi. Mon sang pulse dans ma gorge.

T'étais où ? je demande d'une voix trop aiguë, un peu comme quand on siffle un chien.

Souvent, depuis que nous sommes petites, je crains qu'elle m'abandonne, qu'elle trace seule sa route.

Ici. Je voulais voir où on allait dormir. Regarde, elle dit en me montrant une vieille paire de jumelles.

C'est quoi ?

Tu sais ce que c'est.

Je me souviens de la photo froissée de papa qu'un jour nous avions trouvée dans la boîte à gants de la voiture tape-à-l'œil d'Ursa. Sur le cliché, il a une dizaine d'années et ces jumelles autour du cou. Il avait failli me casser le bras à cause d'elles, avait dit Ursa en arrachant la photo des mains de Septembre.

Il y a des traces d'anciens posters sur les murs et une pendule accrochée au-dessus de la porte. Les lits superposés ne sont pas plus larges qu'un banc. Septembre descend par l'échelle en se tortillant et agite les bras en lançant un : *ta da !*

Certains jours, j'ai l'impression de me souvenir de l'époque où nous étions encore si petites que nous dormions dans le même berceau, de nos quatre mains qui s'agitaient dans l'air, quand on voyait le monde exactement du même point de vue. Je ne parlais pas à l'époque, mais nous nous comprenions. J'aimerais que ce soit encore le cas. Ou bien quand nous étions un peu plus grandes et que Septembre parvenait à escalader le lit à barreaux, puis se laissait tomber par terre en me criant de l'imiter jusqu'à ce que maman vienne la recoucher ou nous emmène dans son lit, tous nos bras enlacés, nos joues contre son buste, les yeux de Septembre si proches des miens que je distinguais chacun de ses cils humides de larmes. Je demande à Septembre, Tu aimerais que ça soit comme ça ? Tu voudrais que ça soit toujours comme ça ? Et elle dit, Je ne vois pas de quoi tu parles, Juillet.

On s'accroupit devant la porte fermée de maman mais il n'y a pas le moindre bruit. Ce n'est pas la première fois qu'on écoute à travers ce battant. Peut-être qu'elle dort. On ouvre la troisième porte du couloir : un cagibi avec un chauffe-eau ventru et des vannes complexes qui commandent le chauffage et l'eau chaude. Il y a des pièges pour les souris posés par terre, mais ils ne contiennent rien. On examine tous les boutons. On entend l'eau bouillonner dans le ballon. La pluie tinte sur les ardoises du toit comme si c'était du fer-blanc. Je me dis que si j'écoutais assez, je pourrais sans doute entendre, à travers sa paume de main, le lent mouvement des pensées de Septembre, voire le caquètement de ses mots. Je songe à ces dernières semaines au lycée. Il pleuvait souvent, ce qui faisait déborder les gouttières et éclaboussait les fenêtres. Sur la route, le blaireau mort qu'on avait vu par la vitre de la voiture. La tête des autres filles. Il n'y a qu'une seule raison qui nous a fait quitter la maison d'Oxford pour venir ici et, même si c'était l'idée de Septembre d'attirer ces filles sur l'ancien court de tennis pour leur donner une bonne leçon, leur faire un peu peur, Septembre n'est pas la raison de notre présence à la Settle House. Il n'y a qu'une seule personne à blâmer pour ça.

Elle appuie au hasard sur les boutons du chauffe-eau. Elle a toujours les jumelles autour du cou, qui s'agitent en rythme avec ses gestes. De l'autre côté du mur s'élève un mugissement bovin.

Je pense qu'il fallait pas faire ça.

Le sol tremble un peu sous nos pieds.

Peut-être pas, dit Septembre. Viens, on descend, j'ai faim.

On inspecte le frigo, mais il est vide. Les boîtes de conserve dans le garde-manger sont périmées depuis des années et cabossées comme si elles avaient été battues.

Viens, on va faire autre chose, elle dit.

La pluie frappe les fenêtres de biais. On s'allonge par terre sur le ventre dans le salon et Septembre discute de la couleur dont on repeindra nos murs, puis des posters qu'on y accrochera. J'écoute à moitié seulement. J'ai la même impression dans cette pièce que plus tôt, comme s'il se passait quelque chose juste hors de ma vue. Septembre porte les jumelles à ses yeux et les règle.

Je me penche dans le garde-manger à la recherche de l'interrupteur. En se balançant, l'ampoule éclaire les murs, donne du relief aux étagères puis les projette dans l'ombre. J'examine les boîtes de conserve, je ne veux pas m'aventurer plus loin. L'ampoule cliquette et grille, ce qui rend la pièce à l'obscurité.

Septembre déniche dans le congélateur une tourte au poulet, qu'on décide de faire cuire. En attendant, on regarde sur l'ordinateur de vieilles interviews de Janvier Hargrave. En même temps, je tends l'oreille dans l'espoir d'entendre maman qui descend nous pardonner. Tout pardonner.

Je pense qu'on ne devrait pas rester ici demain s'il n'y a pas Internet, dit Septembre.

On laisse trop longtemps la tourte dans le four. Je la tiens au-dessus de la poubelle pendant que Septembre gratte le dessus carbonisé.

Je l'ai fait trop cuire.

Pas grave.

Mais quand on la découpe, l'intérieur est encore cru. Je crache des bouts de poulet rose dans la main de Septembre. Elle n'y goûte même pas. On fait glisser le tout dans la poubelle à l'aide d'une fourchette.

Je ne veux pas retourner au garde-manger, alors Septembre s'avance dans le noir en soupirant puis elle en ressort, les bras pleins de boîtes de conserve bosselées. Il y a des pêches au sirop périmées depuis un an seulement. Septembre ouvre la boîte avec un couteau et me la tend pour que j'aspire le jus par le trou. Tout à coup, j'ai tellement faim que je suis saisie de vertiges. Je lui prends le couteau des mains pour agrandir l'ouverture jusqu'à pouvoir passer les doigts et en extraire des pêches, que j'avale sans mâcher.

Tu n'en veux pas ? je demande.

Je n'ai plus faim, elle répond.

On s'installe par terre plutôt que sur le canapé. Pendant un moment, le silence règne. Le sirop des pêches est granuleux. Septembre sélectionne sur son téléphone un album de Darcey Lewis, dont on connaît les paroles par cœur.

Elle se redresse et annonce, Je suis née ici.

Hein ?

Elle ne répond pas. Un souffle froid surgit de la cheminée à la manière d'un doigt. On entend le bruit des tuyaux de la chaudière dans les murs. Je me redresse pour me mettre à genoux.

Qu'est-ce que ça veut dire, que tu es née ici ?

Ce que ça veut dire. Je suis née ici. J'ai entendu maman discuter au téléphone avec son ami bouquiniste l'autre soir. Maman disait : C'est sans doute toujours le même lit.

Mais je croyais qu'on était toutes les deux nées à Oxford.

Moi aussi. Mais tu es la seule à être née à Oxford. Moi, je suis née dans cette maison.

Je me rends compte que ça signifiait quelque chose qu'on soit nées au même endroit. Dans le même hôpital, peut-être le même lit, à dix mois d'écart à peine. L'une qui se lance à la poursuite de l'autre. Septembre puis, si peu de temps après qu'on aurait pu arriver ensemble, moi, Juillet.

Maman n'aime pas cette maison, elle dit.

Pourquoi tu penses ça ?

Je le sais, c'est tout. Elle ne l'aimait déjà pas quand on est venues la dernière fois. Tu te souviens de l'été qu'on a passé ici ? Elle ne l'aimait pas à l'époque, elle ne l'aime pas plus maintenant.

T'en sais rien.

Septembre montre les dents.

Je le sais.

Comment ?

Je le sais, c'est tout. Par des choses que maman a dites.

Qu'est-ce qu'elle a dit à part ça ?

Qu'il n'y avait aucun autre endroit où aller. Elle est venue ici avec Ursa et lui à l'époque où elle me portait dans son ventre. Et puis plus tard, à la période où elle était triste, dit Septembre.

Elle ouvre les bras comme pour embrasser à la fois le plafond bas du salon, le fourmirama, la petite table sale, l'entrée de la cuisine. Papa est né ici, et moi aussi. Je m'en souviens.

Je la regarde pour savoir si elle ment. Je sais que des fois elle me ment pour s'amuser, pour voir si je m'en rends compte, et d'autres fois sans raison, uniquement parce qu'elle en a la possibilité, sans que je comprenne vraiment pourquoi. Je mets la boîte de pêches au sirop à la poubelle. La nuit tombe au loin.

Plus tard, à moitié endormie, Septembre qui me murmure à l'oreille et maman qui pleure dans la chambre au bout du couloir. À moitié endormie, la pression de ses doigts sur mes tempes.

2

Un sommeil lourd, sans recoins, sans rêves. Réveillée par la lumière à travers les rideaux, je me retourne et je me rendors. Je réussis presque à émerger, je lutte mais je replonge. C'est comme si j'avais la gorge tapissée de sable. Je déglutis encore et encore. Je finis par m'extraire. À la pendule au-dessus de la porte : midi. La moitié de la journée est déjà passée. J'ai mal à la poitrine et, quand je baisse les yeux, je découvre des marques rouges autour de ma clavicule. Septembre n'est pas sur le lit du haut. Je descends dans la cuisine et j'approche la bouche du filet d'eau, je bois goulûment au robinet puis je me tiens immobile à guetter du mouvement.

Septembre ? Pas de réponse.

J'entre dans le salon. Il y a les restes de notre nuit, oreillers par terre, verres d'eau, l'ordinateur en équilibre sur l'accoudoir du canapé.

Septembre était l'ombre de mes nuits. Nous avions dix ou onze ans. J'étais réveillée par la lumière du frigo que j'avais ouvert dans mon rêve ou par le froid de la fenêtre que j'avais forcée et elle se tenait derrière moi, les mains sur mes épaules, pour me raccompagner au lit. Pendant un an, ç'avait été terrible. Les coutures entre le sommeil et l'éveil lâchaient de plus en plus. Je sortais d'un rêve où quelque chose pendait du plafond, et la chose était toujours là, prête à tomber. Mes jours étaient envahis par la logique du rêve. J'étais sûre d'avoir perdu quelque chose et je passais des heures à chercher sans conviction un objet que je n'avais en réalité jamais possédé. Septembre était toujours là, à me calmer quand je me réveillais en hurlant, à chercher avec moi ce mystérieux objet perdu. Je vivais dans la peur. Je m'étais convaincue que le sommeil était une contrée à part et que, si j'ouvrais sa porte pour y pénétrer, il ne m'arriverait plus jamais rien de bien. Souvent, les conséquences avaient un rapport avec Septembre. Si je m'endormais, Septembre disparaîtrait. Si je m'endormais, Septembre mourrait électrocutée, par noyade, brûlée vive ou enterrée vivante. On passait beaucoup de temps sur Internet à chercher une issue à mes peurs. La phobie d'être enterrée vivante, ça s'appelle la taphophobie. La phobie de l'eau, c'est l'aquaphobie. La phobie des chocs électriques, c'est l'horméphobie. J'étais très douée pour dormir le moins possible. Mes rêves s'entremêlaient, ils étaient marécageux, ils prenaient la forme du cercueil où gisait notre père. Vers la fin de l'année, ma peur avait diminué et je dormais mieux. On avait créé des routines pour ça : un bain de pieds très chaud quand je me réveillais, histoire de me laver de mes rêves ; se brosser les cheveux avant d'aller au lit.

La dernière fois qu'on avait vécu dans cette maison, c'était l'année où je ne dormais pas. On y avait passé toute une saison. Maman était malade, elle prenait trois médicaments par jour et dormait beaucoup. L'année précédente, Septembre avait insisté pour fusionner nos anniversaires le même jour, alors l'âge qu'on avait, ça n'avait pas vraiment d'importance. On allait à la plage, où maman dormait sur une couverture et où on faisait des châteaux de sable, ou bien on s'enterrait à tour de rôle jusqu'au cou. Parfois, maman s'aventurait dans l'eau, je m'accrochais à elle par-devant et Septembre par-derrière, on affrontait les vagues, on avalait de l'écume, on hurlait à cause du froid. Parfois, on roulait jusqu'à la ville la plus proche où on partageait un fish and chips, le piquant du vinaigre, le craquant du sel. À la maison, maman mettait du jus de citron sur les cheveux de Septembre pour qu'ils soient plus clairs que jamais.

On jouait à des jeux dans le noir. Une fois que nos yeux étaient accoutumés au manque de lumière, on parvenait à se déplacer dans toute la maison sans se cogner. Ça, c'était le premier jeu. Le deuxième s'appelait Septembre a dit, on l'avait détourné et adapté. Septembre était la cheffe, moi la marionnette, et je devais faire tout ce qu'elle disait. Si elle disait Septembre a dit, Mets-toi en équilibre sur la tête, ou Septembre a dit, Écris ton nom au marqueur indélébile sur le mur, je devais le faire. Si elle disait, Mets-toi en équilibre sur la tête ou écris ton nom au marqueur indélébile sur le mur, je devais m'abstenir et, si je le faisais quand même par erreur, je perdais une vie. En général, je disposais de cinq vies et, quand je les avais toutes perdues, il se passait quelque chose, même si c'était différent pour chaque jeu, et que ça dépendait de l'humeur de Septembre ce jour-là. Ce n'était pas vraiment une question de vies, de gagner ou de perdre, mais de jouer le jeu.

On jouait presque tout le temps à Septembre a dit la dernière fois qu'on était à la Settle House. Dans la journée, ce que je devais faire était facile : Septembre a dit, Mets-toi en boule. Septembre a dit, Louche. Si tu te retournes, tu perds une vie. Mais à mesure que la journée s'écoulait, les ordres devenaient plus difficiles à exécuter : Septembre a dit, Coupe-toi les ongles et mets-les dans la bouteille de lait. Coupe-toi les cheveux. Septembre a dit, Reste allongée sous le lit pendant une heure. Cours jusqu'à la route. Septembre a dit, Mets tous tes vêtements à la poubelle et va à la fenêtre. Transperce-toi un doigt avec une épingle.

C'était un bon jeu. On y avait joué toute la saison, mais au retour on ne l'aimait plus, et on l'avait abandonné.

Certains jours, maman allait mieux, et d'autres, elle allait plus mal. On savait reconnaître les signes. Septembre prétendait qu'elle aurait préféré être sans maman, qu'on soit rien que toutes les deux, mais moi j'aimais bien qu'elle soit là, qu'on soit plutôt toutes les trois. J'aimais bien la Settle House quand on allait faire de grandes promenades sur les falaises et que maman nous apprenait le nom des plantes qui poussaient dessus ou qu'elle nous racontait les intrigues de l'histoire qu'elle avait l'intention d'écrire. Septembre préférait quand on était toutes les deux mais moi j'aimais bien quand on était nous trois, main dans la main, maman au milieu, à balancer les bras.

Lorsque maman était dans un mauvais jour, on gardait nos distances. Parfois, elle errait à travers la maison comme si elle cherchait quelque chose, mais un soir, pendant qu'on jouait, on l'a entendue descendre l'escalier puis sortir. Par la fenêtre, on l'a regardée monter en voiture et démarrer. Ce n'était pas la première fois que ça arrivait, on savait qu'elle reviendrait.

Septembre a dit, Mime une maison, elle a dit.

Je ne savais pas trop comment m'y prendre, alors j'ai tendu les bras et les jambes et je me suis pliée en deux pour imiter les murs, j'ai mis mes mains en coupe pour faire comme des hublots et j'ai agité les bras pour montrer que la porte s'ouvrait et se refermait. J'ai ri.

Septembre a dit, Ne ris pas, elle a dit. Elle est montée sur mes genoux et elle a attrapé mes bras pour les mettre autour de son buste comme si les murs de la maison se refermaient autour de son corps, et on est restées longtemps comme ça, quand bien même j'avais des fourmis partout. Au bout d'un moment, la maison a eu des jambes, elle est partie se cacher et Septembre l'a poursuivie.

La nuit est tombée. On guettait le retour de la voiture. On attendait de voir les phares apparaître au sommet de la colline.

C'est elle ? j'ai dit.

Non.

Puis, un peu plus tard : C'est elle ?

Non, attends. Non, ça n'est pas elle.

On s'est prises pour des arbres qui poussaient à travers le plancher de la maison, pour des oiseaux dans les arbres, pour des souris dans les murs.

Écoute, a dit Septembre, et on a couru à la fenêtre. Elle avait raison, il y avait bien des phares, mais quatre au lieu de deux, qui éclairaient des parties différentes de la route et des champs. On les a regardés se rapprocher puis on a filé sur les matelas dans notre chambre, on a relevé la couette jusqu'à notre tête et on a retenu notre souffle. Quatre phares, quatre pieds dans l'escalier, une halte devant notre porte avant de repartir vers la chambre de maman. On a roulé chacune jusqu'au sol et rampé dans le couloir.

On a écouté longtemps, plaquées sur le ventre devant sa porte en se faisant taire l'une l'autre. Les bruits étaient étranges, c'était comme écouter des animaux dont on ignorait jusque-là l'existence. Je sentais le sol froid sous mon corps, et mon genou me démangeait. Mes paupières alternaient entre sommeil et veille, mais, quand je regardais Septembre, elle ne clignait pas des yeux et elle respirait à peine. Comment est-ce possible qu'un instant on ne sache rien, et que le suivant on sache tout ? La maison absorbait le bruit, l'amplifiait puis le renvoyait vers nous. Je croyais reconnaître la voix de maman, mais je n'en étais pas sûre. Cela aurait aussi bien pu être une autre femme, une inconnue. Il y avait aussi une voix d'homme.

Une quinte de toux a envahi ma gorge et s'en est échappée, Septembre m'a attrapée par la main, on a couru jusqu'à notre chambre, on s'est glissées dans nos lits de fortune et on n'a plus bougé.

Le lendemain, Septembre a dit que tout avait l'air différent, et je ne savais pas si elle avait raison ou pas. Elle a dit que ce n'était pas un petit changement mais une immense différence.

Depuis le salon, le ciel est vieux, le ruban de la route parsemée de nids-de-poule disparaît dans le lointain, le sommet d'une colline ou d'une montagne domine tout le reste. J'entends peut-être la mer, j'espère qu'on ira. Le sol est tellement froid sous mes pieds nus qu'on dirait de la pierre. J'aimerais être à Oxford avec le bruit continu de maman qui travaille dans le bureau au-dessus de nos têtes, Septembre dans l'embrasure de la chambre qui me dit que c'est l'heure d'aller voir l'éclipse.

Maman a dû descendre pendant la nuit parce qu'elle a déballé des affaires : la télévision est dans un coin, il y a quelques livres alignés contre le mur. Elle est allée faire des courses aussi, parce qu'il y a des provisions dans le garde-manger – ce que Septembre appellerait le tarif de l'apocalypse : des boîtes de fruits au sirop et de haricots, du lait longue conservation. Contrairement à la veille, la maison n'a pas l'air animée, elle a l'air vide. J'ai l'impression d'avoir été abandonnée dans mon sommeil. Sur le plan de travail dans la cuisine, il y a de nouvelles ampoules électriques. J'en sors une du paquet.

Septembre ? La maison grince autour de moi et libère de l'air. Je scrute l'intérieur du garde-manger. Je m'imagine annoncer à Septembre que j'ai changé l'ampoule toute seule. Je tends la main pour la dévisser, puis je la saisis sans tourner. Je pose l'ampoule neuve bien au fond d'une étagère et je vais vérifier que l'interrupteur est en position éteinte. J'entends un bruit dans la salle de bains qui me distrait un instant, je me retourne, et il y a un bruit de verre qui se brise dans le garde-manger. La lumière en provenance du salon éclaire juste assez pour que je distingue l'ampoule neuve cassée par terre, son verre éparpillé jusqu'à mes pieds. Je referme la porte du garde-manger, je me dirige vers la salle de bains, j'entre. Je ressens la morsure de la peur entre mes tempes. Septembre est dans la baignoire, les cheveux plaqués en arrière, elle crache de l'eau savonneuse par la bouche.

T'étais où ? je demande. Je sens la pointe de désespoir dans ma voix. Je t'ai appelée. Je viens de casser une ampoule.

Elle fait claquer ses mains sur l'eau, qui gicle partout.

T'as dormi pendant un an.

Pas un an. Je peux venir ?

J'ai fini, elle dit, et elle tire sur la chaîne de la bonde enroulée autour de son gros orteil. Un bruit de glouglou retentit. Tu veux faire une drôle de petite fête ou regarder quelque chose ? Elle sort de la baignoire.

Je suis désespérée qu'elle se soit fait couler un bain sans moi. À la maison, on prenait souvent des bains ensemble, on mettait l'ordinateur sur une chaise pour regarder les reportages de David Attenborough ou écouter de vieilles émissions de *Desert Island Discs*. Septembre adore prendre des bains très chauds en mangeant quelque chose de très froid : de la glace à la vanille marbrée de framboise ou des Magnum qui glissent souvent de leur bâton. Je connais mieux le corps de Septembre que le mien. Souvent, quand je me regarde, je ressens de la confusion et, dans le miroir, un choc à découvrir mon visage plutôt que le sien. Elle a une tache de naissance en forme de serpent sur le cou-de-pied gauche, sa peau rougit vite au soleil, il y a sur sa clavicule un long poil noir que je rêve d'arracher, mais elle dit qu'elle le laissera pousser à jamais. J'ai toujours l'impression que le corps de Septembre a plus de sens que le mien. Je lui tends une serviette. Elle paraît plus grande qu'à Oxford, comme si elle prenait plus de place. Je lui donne une chiquenaude sur la hanche. Pourquoi t'as pris un bain sans moi ?

Je sais pas. Sans doute que j'en avais envie.

Septembre rassemble les éclats de verre à l'aide d'une pelle à poussière et d'une balayette, on change l'ampoule, puis on se met à essayer les robes du portant qu'on sort de la voiture. On se dessine de grands sourires en rouge à lèvres autour de la bouche qu'on transpose sur les fenêtres avec des baisers. On ne jette jamais rien. Certaines robes ont des trous aux coudes, s'effilochent aux aisselles et sont tachées de nourriture à l'ourlet. Notre paire de chaussures préférée, qu'on met à tour de rôle, a les semelles presque trouées. Je saisis une robe avec un bustier à dentelle et des manches en soie, puis j'observe Septembre qui inspecte le portant.

Me regarde pas comme ça, elle dit.

Qu'est-ce que je dois faire ?

Va voir ce qu'il y a dans le garde-manger.

Je trouve des pois chiches, des tomates en boîte et des paquets de riz, mais je n'ai pas envie de cuisiner. L'ampoule éclaire trop fort pendant cinq minutes puis grille. Je retiens mon souffle dans le noir, je m'efforce de ne pas avoir peur. J'entends des pas dans l'escalier et je passe au salon, j'ai envie de raconter l'histoire de l'ampoule et des provisions à Septembre. Mais ce n'est que maman. Ses cheveux sales sont relevés en chignon. Elle porte une tonne de vêtements alors que le chauffage est à fond. Il y a des taches sur son pyjama, elle tient une tasse et une assiette à la main. Elle est venue manger pendant la nuit pour éviter de nous voir. C'est ça, ce qu'elle fait. Elle s'immobilise sur les marches, me regarde puis tourne la tête. Elle cherche Septembre qui, lasse de fouiller dans les cartons, s'est installée sur le canapé et ne lève même pas les yeux de la télévision.

Je vais faire la vaisselle, dit maman au bout de quelques instants. Je ne suis pas contre un peu de compagnie.

La cuisine est trop étroite pour nous trois. Septembre se hisse sur le plan de travail, d'où elle nous fusille du regard. Maman ferme la bonde de l'évier et fait couler de l'eau. Je repense à la soirée de lancement pour son livre. Elle portait une robe dorée et des chaussures rouges avec un ruban en velours lacé sur les mollets. Les joues enflammées à cause du vin, elle avait passé un bras autour de nos épaules. À minuit, dans le pub, elle avait quitté ses chaussures et continué à discuter pieds nus avec un type qui travaillait dans la librairie. Septembre avait approché le visage tout près de mon oreille en me soufflant, On dirait une déesse. On l'aimait à cet instant, entièrement et à jamais, ce qui, je crois, ne nous arrive pas souvent. La plupart du temps, elle est là, c'est tout. La plupart du temps, elle est juste notre mère, ce qu'une table est à deux chaises.

La maison murmure. Le robinet crachote. Elle évite notre regard. Elle lave la vaisselle, puis elle me la passe, je l'essuie et je la tends à Septembre pour qu'elle la range dans le placard. J'ai envie de dire à maman qu'on est désolées, vraiment désolées, pour ce qui est arrivé au lycée, qu'on devrait aller à la plage ou dîner ensemble. J'ai envie que Septembre le dise elle aussi et, quand je la regarde, elle hausse les épaules et commence, Maman…

J'ai besoin d'un peu de temps, la coupe maman. Je sens ces mots envahir le silence. Je les sens contre mes bras et mon visage. Elle pose l'éponge et se tourne vers moi. J'aimerai toujours mes filles, elle dit. Je suis là en cas de besoin. Mais j'ai besoin de temps, d'accord ?

On acquiesce, et elle disparaît.

Je bois le jus d'une autre boîte de pêches au sirop pendant que Septembre me prépare des pâtes au beurre, que je mange assise sur le plan de travail. Septembre dit qu'elle n'en veut pas, mais moi, j'ai encore faim.

Il y a autre chose ?

Avec un petit bruit réprobateur, elle ouvre une nouvelle boîte de fruits au sirop, des poires, cette fois, que j'engloutis. J'ai l'impression que mon squelette colle à ma peau, qu'il frotte douloureusement aux articulations, et que mes pommettes grincent.

On regarde un épisode de *33* qu'on a bien dû visionner vingt fois, mais sans le son, cette fois, pour voir les personnages remuer les lèvres tandis que leurs voix leur sont dérobées. C'est la série qu'on préfère, l'une des toutes premières créations de Janvier Hargrave, notre réalisatrice adorée. Deux femmes, une médecin légiste et une bibliothécaire, qu'on ne connaît que par leur nom de famille – Hadley et Bell –, enquêtent sur des événements étranges qui se produisent dans des endroits à l'écart de tout, elles rencontrent des hommes qui ne leur conviennent pas, meurent puis ressuscitent plusieurs fois par saison. Quand on en a marre, on passe aux documentaires animaliers. On aime les lézards, les serpents, les reptiles qui rampent sur terre, tête et ventre hors du sable. On aime les massacres, ces bandes de lions qui s'en prennent à des troupeaux de gazelles ou ces léopards perchés dans les arbres avec leur proie posée sur une branche près d'eux. On aime la voix apaisante d'Attenborough. Aucun animal ne bouge sans son autorisation. Ils courent, s'arrêtent, nagent, se terrent, mangent et meurent. Nous, immobiles sur le canapé, on respire, on digère, on frissonne, on a chaud puis froid.

Je m'ennuie, dit Septembre en me pinçant le bras jusqu'à faire blanchir ma peau.

Il n'y a que les gens ennuyeux qui s'ennuient, je déclare en imitant maman.

Septembre me pince plus fort, puis désigne quelque chose par-dessus mon épaule.

Viens, on va s'occuper de ça.

Je me retourne. Le fourmirama est toujours posé sur la table.

Le verre est fêlé.

Et alors ? On va bien trouver du scotch. Va voir dans la cuisine.

J'ouvre et je referme les tiroirs pour lui faire croire que je cherche. J'imagine le fourmirama se déverser en pleine nuit et me réveiller dans des draps maculés de terre. Il y a un gros rouleau de scotch sur le frigo avec une pile de vieilles lettres. Je l'attrape et je ne bouge plus jusqu'à ce que Septembre vienne me le prendre des mains.

T'as pas envie ?

Si, si.

Ça va être drôle. Les fourmis y feront leur maison. Tu savais que quand on écrase une fourmi, elle produit des phéromones qui poussent ses congénères à se mettre en mode combat ?

Septembre est assise par terre, le fourmirama entre les genoux. Elle le rafistole, puis elle découpe le scotch de façon qu'on puisse quand même voir l'intérieur. Je suis prise de démangeaisons, je plonge les doigts dans mes cheveux pour éviter de me gratter. Septembre pose le fourmirama sur la table puis me met une écharpe autour du cou, glisse mes bras dans les manches du manteau de maman, m'enfile des bottes trouvées près de la porte. Les nuages n'ont pas fini de déverser leur pluie tiède, mais il n'y a pas de vent. Dehors, ça sent l'air marin. Accroupies devant la porte, on cherche des fourmis en soulevant les feuilles mortes et en passant les doigts dans la terre. Je déniche un scarabée et quelques toiles d'araignées. Septembre cherche près du mur en sautillant sans jamais se relever. Elle affirme qu'il y a des traces de fourmis, mais on n'en trouve pas. À la façon dont elle fait claquer sa langue et me siffle de continuer à chercher, je sens que ça l'embête. Je déterre quelques pièces de monnaie rouillées, j'ai les doigts gluants à cause de la terre humide et des feuilles mortes en décomposition. J'ai envie de me passer les mains sous le robinet, mais je ne peux pas rentrer avant elle. On cherche pendant ce qui me paraît un très long moment. Septembre trouve le scarabée que j'avais vu un peu plus tôt, elle l'attrape en grognant et le dépose dans le fourmirama. On le regarde s'agiter et se cogner contre les parois en verre.

Ce n'est pas une fourmi. Les scarabées, ça creuse ? je demande, mais elle se contente de me pincer le bras et de retirer ses bottes. Quand elle est en colère contre moi, je ne sais pas quoi faire.

Je suis prise de vertiges, à tel point que je dois m'asseoir. Des phrases se forment dans mon esprit mais, quand j'essaie de les prononcer, les mots s'entrechoquent, je secoue la tête et aucun son ne sort. Septembre pose ses mains brûlantes sur mon front, je ferme les yeux et, quand je les rouvre, elle est plus loin, alors que la sensation de ses mains chaudes demeure.

Septembre me lance, Tu te souviens de l'éclipse ?

On s'était levées de bonne heure. Maman nous avait préparé un petit déjeuner – des œufs brouillés avec du pain frais –, puis elle était montée travailler au grenier. On avait environ onze ans. La veille au soir, on avait fabriqué une boîte avec un trou dedans, qu'on avait mesuré avec soin. Je m'étais coupée avec le cutter et j'étais restée tétanisée jusqu'à ce que Septembre se coupe à son tour et éclate de rire en me montrant les gouttes rouges par terre.

C'est le jour où je lui avais fait la promesse des promesses.

On était sorties sur le trottoir avec la boîte. Les gens allaient au travail, personne ne paraissait au courant de l'événement. On avait du mal à croire à un tel aveuglement au monde. Depuis le perron, on avait regardé le cercle noir se superposer à la lumière. Ç'avait été un moment excitant et merveilleux. Pendant toute une semaine, j'avais rêvé de l'éclipse qui recouvrait mes yeux, qui s'infiltrait dans mes veines.

Ça a brûlé, dit Septembre, et je sais qu'elle parle du moment où on s'est défiées l'une l'autre, et où, sans respirer ou presque, on a retiré la boîte pour regarder le ciel à l'œil nu. Toute une journée avec un éclair au coin de l'œil, à me dire que c'était la seule fois que nous avions vu exactement la même chose. En espérant que ça dure toujours.

Un technicien vient installer Internet. Il a le pantalon tombant et il n'a pas l'air de nous apprécier, pourtant on lui a préparé une tasse de thé avec le lait longue conservation du garde-manger. On tourne autour de la ligne téléphonique sur laquelle il travaille.

Comment ça marche ? demande Septembre.

Comment ça marche quoi ?

Il a des hanches aussi saillantes qu'une chèvre et il est presque chauve. Il me rappelle un personnage de Janvier Hargrave et Septembre, qui devine mes pensées, ricane. C'est comme si ici on se comprenait mieux. Je me demande si c'est à cause de l'endroit, où sont nés notre père et Septembre, où les pièces résonnent différemment de tous les autres lieux qu'on a habités jusque-là. Le type nous surveille du coin de l'œil, il retourne un outil dans ses mains en le lançant.

Internet, je dis, et Septembre rit derrière ses mains.

Comment ça fonctionne, Internet ?

Il nous regarde comme si on était folles.

Oui.

Je suppose, il dit, que ça envoie des fréquences radio entre deux appareils. Ça suffit, comme réponse ?

Je ne crois pas que ça soit ça, dit Septembre, mais je dis : Oui.

Il se tourne vers nous avec les mains sur ses hanches osseuses.

Alors ? Oui ou non ?

Oui, en gros, oui.

Il y a un problème avec le routeur. Le type sort passer un coup de fil, il baisse la tête pour se protéger de la lumière du soleil plongeant. On l'observe par la fenêtre puis on fouille dans son sac, où on trouve des fils et des chargeurs. On tape sur l'écran de la tablette qu'on déniche tout au fond, on renifle son paquet de cigarettes et son thermos de café. Je deviens si nerveuse que mes mains s'immobilisent tandis que Septembre se déplace en faisant claquer sa langue dans sa bouche. On entend le type revenir, ses pas sur le sol irrégulier. Elle se retourne, me jette un coup d'œil, puis glisse quelque chose dans sa poche et me pousse vers la cuisine, où on se plante devant le frigo ouvert. Il nous rejoint.

Vous voulez des haricots ? demande Septembre.

Il n'y a pas de fromage, mais il y a des haricots dans le garde-manger.

Nan, il dit en se penchant pour inspecter son sac.

On le surveille en douce, on fait bouger nos lèvres pour faire mine de parler à voix basse tandis qu'on ne cesse d'ouvrir et de refermer le frigo. Je le vois nous lancer des regards méfiants et tourner la tête quand Septembre exhibe ses dents en un sourire blanc. Il nous ignore tant et si bien qu'on finit par se lasser, alors on va se blottir sur le canapé pour regarder le documentaire commenté par Attenborough où un singe nage au milieu de la forêt, ses yeux aux aguets juste au-dessus de l'eau. Le type n'aura pas besoin du truc que Septembre lui a volé. Je suis soulagée. Au bout d'un moment, elle passe dans la salle de bains et ferme la porte, fait couler l'eau pour me faire croire qu'elle est aux toilettes. Le type au pantalon qui tombe est penché sur son sac.

Tu m'as pris quelque chose ? il demande.

Je me mords la langue.

Tu m'as entendu ? il insiste. Tu as pris un câble là-dedans ?

Je fais signe que non.

Il y était tout à l'heure. Allez, fais pas l'innocente. Tu entends ? Où tu l'as mis ? Dans le frigo ? Bien joué. Mais ça suffit, maintenant.

Il s'approche du frigo. Septembre ouvre la porte de la salle de bains.

On n'a rien pris, elle dit très fort, plus fort que les grognements du type dans la cuisine. On n'a rien pris, putain !

C'est malin, il dit en mettant les mains dans ses poches et en pointant le menton vers nous. Ce petit tour. Mais là, ça suffit. Tu veux Internet ou pas ?

Tu veux Internet ou pas ? répète Septembre.

Arc-bouté, les doigts crochetés comme des serres, la bouche mauvaise.

Ça suffit, il dit.

Ça suffit, elle répète.

Il cligne des yeux d'un air de supplique. Je ne dis rien. Il ne comprend pas. Qu'est-ce qu'il attend ?

Si tu me le rends, j'ai fini dans dix minutes. Et je te fous la paix.

Fous-moi la paix, dit Septembre.

Mon Dieu.

Mon Dieu.

Je ne peux pas partir sans avoir fini, il dit en écartant les mains devant lui.

Fini, répète Septembre. Avec un immense sourire. Je suis prise de nausée. L'homme se tait. Il ouvre les mains et les referme, il veut parler, puis se ravise. Le silence est plus long que confortable. Septembre retourne dans la salle de bains. Je hausse les épaules, j'essaie de m'excuser en cachette d'elle. Le type sort de la maison, je l'entends ouvrir sa camionnette. Il est sans doute allé chercher un autre câble.

Septembre est dans la baignoire vide, les bras par-dessus le bord, la tête rejetée en arrière. Ses yeux clairs grands ouverts, le blanc qui engloutit toute la pupille.

Pourquoi tu as fait ça ? je demande.

Pourquoi pas ?

On entend le type revenir et reprendre son travail dans le salon. Je me mets dans la baignoire vide avec Septembre. On écoute les bruits de la maison et de ce type qui installe Internet. Parfois, Septembre change de position ou elle se redresse pour regarder tout autour. Je crains qu'elle n'aille encore l'embêter, qu'elle ne l'accule comme elle sait si bien le faire. Mais elle reste dans la baignoire, elle agite la chaîne de la bonde, elle me sourit comme si on venait de faire une bonne blague et, au bout d'un moment, on entend la camionnette repartir.

Je l'aimais pas, dit Septembre. Pas la peine d'en faire toute une histoire.

Elle sort de la baignoire et retourne dans le salon en chantonnant.

Le wifi fonctionne et Septembre pousse un cri de soulagement. Elle ouvre cinq onglets en même temps, on écoute un album de Darcey Lewis tout en explorant la région avec Google Maps pour voir à quelle distance se trouve la plage où on allait. Un chemin traverse un champ puis descend vers la mer.

Tu crois qu'on va aller au lycée ici ? je demande.

On est couchées crâne contre crâne sur le tapis dont on arrache les peluches. La tête de Septembre est aussi osseuse que celle d'un dinosaure, ses cheveux ont une odeur de poussière et de fumée. Il n'est plus question du type venu installer Internet. On n'en parlera plus, parce que Septembre ne veut pas.

Je crois pas.

On n'aura pas d'ennuis ?

Avec qui ?

Je ne sais pas quoi répondre. On regarde la télévision pendant si longtemps que j'ai les yeux qui piquent et que je commence à avoir mal à la tête. Septembre me masse le crâne un peu trop fort pour que ça soit agréable. On a créé des profils sur plusieurs sites de rencontre en y mettant des photos récupérées sur le Net. On se fait passer pour les femmes qu'on n'est pas, on aborde des hommes, ou alors c'est eux qui nous écrivent. On met la main sur la bouche pour que maman ne nous entende pas rire des mots qu'ils utilisent, des photos qu'ils nous envoient. Et à la fin de la journée, comme dans un tour de magie, on se dévoile. Septembre leur dit qu'on pourrait les envoyer en taule, qu'on est des flics infiltrés. Les hommes suppriment leur compte ou ils nous insultent. Septembre préfère la seconde option. Elle répond sur le même ton, voire pire. Elle va toujours trop loin, et je dois faire semblant de la soutenir alors qu'en fait, je pense à autre chose. On aime bien les threads de Reddit sur des émissions télé ou des films, les débats sur les personnages ou les intrigues. On aime Wikipédia, ce puits sans fond de connaissances, son abondance de faits, ses erreurs et ses mensonges glissés au milieu de la vérité. L'été dernier, on a eu une passion pour les virus informatiques, ces créatures frétillantes et malléables capables de se diffuser où elles veulent ou de rester tapies pendant des mois, voire des années. Il y a des rumeurs sur un nouveau film de Janvier Hargrave, à condition de chercher très longtemps. On met des commentaires sur deux posts en suppliant pour avoir plus d'informations.

On va dehors ?

C'est bien de ne pas sortir de toute la journée, dit Septembre en s'étirant jusqu'à faire craquer les os de ses poignets.

Ça ne lui ressemble pas. À Oxford, c'était toujours elle qui voulait bouger, aller nager à la rivière ou prendre le bus qui nous emmenait à la campagne.

C'est pas pareil ici, dit Septembre. Il y a quelque chose de différent. Elle produit un bruit de succion près de mon visage, puis elle me murmure, Tu te souviens ?

De quoi ?

Je repense aux courts de tennis gorgés de cette pluie qui tombait avec force depuis le matin sur les dômes du laboratoire de biologie, au toit du gymnase qui fuyait, à ce blaireau mort et à la capuche de l'imperméable de Septembre qui s'agitait dans la forêt boueuse devant moi.

À la Settle House, j'ai le visage brûlant et le col de ma robe est trop haut pour être confortable. Je redresse la tête. Tout au fond du salon flotte une maison miniature, comme ces maisons de poupée de collection. Ses pièces sont comme des organes qui bougent sous l'afflux de sang. Dans une chambre, il y a une minuscule version de maman en train de travailler à une table à dessin, une tasse de café à hauteur du coude. Les lits superposés sont défaits et recouverts des robes qu'on a essayées. Il y a dans le lit du bas quelqu'un avec des cheveux comme les miens. Au rez-de-chaussée, la baignoire est remplie, elle déborde presque, l'eau rendue marron par la boue. Septembre est debout devant le frigo dont la lumière lui éclaire le visage, mais aussi dans la salle de bains, et sur le canapé, l'ordinateur en équilibre sur ses genoux maigres, les yeux rivés à l'écran, et cramponnée sur le toit.

Elle approche la bouche près de mon oreille pour me dire quelque chose. Son souffle pénètre jusqu'à ma tête.

Quoi ?

Rien. T'étais où ? me demande Septembre.

Quand je cligne des yeux, il reste sur mes paupières une image de la maison comme une impression de l'éclipse.

Quelle heure il est ?

Je ne sais pas. Quatre heures ?

On regarde l'horloge de la cuisinière qui clignote. Il est huit heures moins dix. La nuit tombe de l'autre côté de la fenêtre, on ne l'avait même pas remarqué. C'est comme si le jour était aspiré, les heures englouties. J'ai encore faim, mais, quand je regarde dans le garde-manger, il n'y a rien qui me fasse envie. La maison est bouillante. Je pose la main sur le radiateur, elle devient toute rouge. On monte voir la chaudière et on se rend compte que le chauffage est à fond.

Tu crois que c'est celui-là ? dit Septembre, mais, quand bien même elle appuie sur tous les boutons et fait tourner toutes les manettes, rien ne change. Qu'est-ce qu'on doit faire ?

Je secoue la tête, qui pulse en même temps que la chaleur à travers les murs. J'aimerais pouvoir frapper à la porte de maman, la faire sortir de là, mais, comme ça ne vient pas de Septembre, je ne bouge pas.

Elle ne ferait rien, même si on lui demandait, dit Septembre. Elle n'a pas envie de nous voir pour l'instant.

3

À Oxford, il y avait déjà eu des problèmes. Je savais que parfois j'oubliais où j'étais et que je me mettais à chanter très fort, que les autres filles, et même certains garçons, quand ils me voyaient faire ça, prenaient ça pour de la faiblesse. Plusieurs fois, ils avaient attrapé mon sac dans le bus pour y voler des choses, ou alors ils renversaient mon verre d'eau au réfectoire. J'avais vu écrit dans les cabines des toilettes : *Juillet suce. Juillet a pas de vie.* Mais ça finissait par s'arrêter, car soit ils trouvaient une cible plus intéressante, soit Septembre leur faisait comprendre qu'elle ne tolérerait plus ça. Je ne sais pas ce que je ressentais. Souvent, au lycée ou à la table de la cuisine avec maman, j'avais l'impression d'être à côté de mon corps, de ne pas pouvoir vraiment toucher ni voir les choses. Ce n'est que lorsque Septembre était là que le monde se colorait, que je devenais sensible à la douleur ou à l'odeur du repas en préparation dans les cuisines du lycée. Elle créait le lien pour moi. Pas au monde, mais à elle.

J'aimais bien les observer, ces gens si différents de nous. Surtout les filles. Leur façon de se mouvoir. Affirmées mais pas trop, courageuses mais pas trop, intelligentes mais pas trop. Elles jouaient à un jeu auquel nous autres ne savions pas jouer.

Longtemps, je les avais ignorées, mais cette année-là, en mars, il y avait eu du changement. Peut-être que c'était à cause du mauvais temps ou des examens qui approchaient, peut-être que j'avais fait quelque chose, ou rien du tout. J'entendais leurs voix comme des mitraillettes depuis le fond du bus, cette façon qu'elles avaient de prononcer mon nom, Septembre qui se raidissait contre moi. Elles se déplaçaient en meute à l'intérieur du lycée en me donnant des coups d'épaule au passage. Elles s'appelaient Kirsty, Jennifer et Lily, et elles étaient méchantes. Elles avaient toujours été méchantes, mais, cette semaine-là, quelque chose les excitait, les piquait au vif.

Un groupe de garçons leur tournaient autour, ils les suivaient dans les couloirs ou traînaient autour de leurs casiers. L'un d'eux, Ryan Driver, avait de longs cils et des taches de rousseur très pâles. J'étais toujours déçue de le voir rire dès que Lily ouvrait la bouche.

C'est un crétin, avait dit Septembre, qui ensuite avait refusé d'aborder le sujet. Mais il me plaisait. C'était ça le problème : il me plaisait. Je ressentais ça dans mes muscles et sur ma peau. En sa présence, je bafouillais.

J'aimais son allure, sa façon de parler, sa silhouette et les sons qu'il produisait.

Les trois filles s'amusaient à dessiner des pénis et des seins sur mon casier métallique, à me siffler et à crier mon nom dans les couloirs. Elles avaient subtilisé ma tenue de sport pour l'éparpiller dans tout le lycée.

Pas grave, je m'étais dit en allant récupérer mes affaires.

Pour moi, c'est grave, avait grogné Septembre.

Parfois, elle se vengeait. Elle leur claquait la porte au nez, les dévisageait longtemps à travers la classe.

Le soir, dans notre chambre, on écrasait des grains de café avec nos poings et on déchirait des bandes de tissu de nos ourlets pour les enrouler autour de nos bras nus, on s'humidifiait les cheveux et les doigts jusqu'à ce qu'ils dégoulinent sur le parquet. On leur jette un sort, disait Septembre, les cheveux plaqués sur la tête, une flamme dans les yeux.

Le jeudi soir, il y avait une nocturne dans la rue commerçante. On passait d'une boutique d'occasion à une autre, à la recherche d'une robe pour maman en vue de la soirée organisée en l'honneur de son nouveau livre. Elle marchait en jacassant entre Septembre et moi. Elle avait mis du rouge à lèvres, et le froid faisait rosir ses yeux. Elle avait l'air heureuse, comme chaque fois qu'elle terminait un grand projet, et un instant j'ai eu envie de lui raconter ce qui se passait au lycée. On entrait dans un magasin, on laissait traîner la main sur tous les présentoirs puis on ressortait. J'ai refermé les doigts autour de sa main en me demandant comment le lui dire. *Maman, je ne suis pas heureuse.* Il y avait plein de gens dans la rue et tout à coup j'ai vu les trois filles, les bras chargés de paquets, le visage lisse et les cheveux luisants, vêtues de blousons en cuir. J'ai ressenti une décharge, et je me suis cachée derrière maman et Septembre en priant : Faites qu'elles ne me voient pas, s'il vous plaît, je vous en supplie. Elles avaient le visage très proche les unes des autres. La bouche de Lily s'agitait à toute vitesse et elle bougeait les mains dans les anses des sacs qu'elle portait. On allait les croiser. La rue était bondée, la musique des magasins si forte que je percevais à peine le bruit de mes pas. J'ai baissé la tête. Elles sont passées juste à côté de nous. Ouf, je suis sauvée, j'ai pensé, et à cet instant Lily a relevé la tête, elle m'a repérée, puis elle a disparu. Tu l'as vue ? j'ai ensuite demandé à Septembre, mais elle s'est contentée de froncer les sourcils en passant une robe à maman par le rideau de la cabine d'essayage.

Pendant que maman essayait les robes, on attendait devant le salon d'essayage et on disait, Non, non, peut-être, et si… ? Dans les miroirs du salon d'essayage, Septembre était si rayonnante qu'elle inondait de lumière tous ces vêtements d'occasion, ces sacs remplis de vieux bijoux et ces paniers de disques rayés. Moi, j'avais l'air malade et pâle, grise sur les bords comme un fruit en train de se gâter. Septembre mettait des foulards autour de mon cou et enfilait de grosses bagues à ses doigts. Elle faisait fuir les vendeuses, qui avaient l'air furieuses. J'ai repensé aux filles et j'ai compris qu'en attirant l'attention de Lily j'avais suscité quelque chose sur moi.

Les relations de maman et Septembre étaient complexes. Parfois, elles étaient les meilleures amies du monde, je les surprenais à rire ensemble à la table de la cuisine, mais, souvent, elles étaient tendues l'une contre l'autre et se chamaillaient pour un rien, elles prenaient tout mal. Il y avait eu une vague de froid à Noël, les sols gelés, les pare-brise des voitures couverts de givre, et une dispute qui avait pris de l'ampleur au sujet du menu. Elles hurlaient toutes les deux dans la cuisine. Septembre avait saisi une tasse. Ne t'avise pas de la lancer, avait crié maman, n'y pense même pas. Ensuite, il y avait eu des problèmes en début d'année : ces jours de janvier qui duraient huit heures à peine, où le vent transportait les feuilles mortes d'un bout à l'autre de la rue, où des averses emplissaient les gouttières et rendaient la maison humide. Il y avait des cris au sujet de la vaisselle et de la soirée télévisée, des vêtements que Septembre volait à maman et puis qu'elle tachait. Je les apaisais ou je mentais pour empêcher les disputes, je calmais Septembre. Elles étaient en froid, alors je redoutais cette virée dans les magasins. Mais Septembre était gentille et maman indulgente, elles marchaient en se tenant par le bras. Septembre lui avait natté les cheveux. Dans la boutique d'occasion, maman avait essayé une robe dorée à la jupe ample avec un décolleté carré.

Celle-là, avait dit Septembre si fort que toutes les têtes s'étaient retournées dans le magasin et que maman avait éclaté de rire en tournoyant.

Le lendemain, je voyais Lily partout. À une table près de nous dans le réfectoire, en train de faire tourner sa cuiller sur son plateau et de jeter des coups d'œil alentour. Aux toilettes, on s'était croisées devant la rangée de miroirs, son épaule ne ratant la mienne que d'un cheveu. Il y avait cours de natation dans l'après-midi. On attendait le prof en retard, assises au bord du bassin. Ryan, ses lunettes de piscine sur le front, tout maigre dans son maillot de bain à pois rouges, était avec ses copains. Septembre pestait contre le volume de sa voix et la façon dont il avait fait mine de vouloir entraîner un autre garçon jusqu'à l'eau. Moi, je le dévorais du regard. Son sourire à fossettes, ses cheveux trop longs, ses gestes rapides. Et pas que ça. Son corps dans ce maillot de bain, la couleur de ses tétons, les poils plus sombres sous ses aisselles, les petits boutons rouges qui apparaissaient parfois sur son menton. Cette exactitude de lui-même, ce côté humain. Septembre a sifflé et, quand je me suis retournée, elle a cligné des yeux. Je n'arrêtais pas de le regarder. Et par-dessus l'épaule de Ryan, telle une lune rouge, Lily me surveillait.

Le professeur a fini par arriver. L'air énervé, il nous a demandé de tirer les lignes de nage. Je sentais toujours le regard de Lily sur mon crâne et j'étais contente d'avoir quelque chose à faire. J'ai détaché la corde et j'ai fait traîner la ligne le long de la paroi carrelée en évitant avec soin la rigole où gisaient des pansements et des masses de cheveux qui me retournaient le ventre. Il y avait du bruit, un son de plus en plus fort, mais j'ai gardé la tête baissée. Je pensais à Ryan. Quelqu'un m'a doublée sans s'écarter suffisamment. Bousculée, j'ai perdu l'équilibre. Mes chevilles se sont prises dans la corde, et je me suis cogné la tête contre le bord de la piscine en tombant.

L'infirmerie était si propre que sa blancheur envahissait mon crâne. J'ai pensé à la robe dorée de maman et à la façon dont l'eau avait pris la teinte et la texture d'un bloody mary. J'ai songé à ce dont Ryan était fait. Peut-être que je pourrais rester à jamais dans cette infirmerie. Septembre tournait en rond en donnant des coups de pied par terre et en examinant les affiches au mur.

Regarde le nez de cette femme, elle a dit. C'est écrit qu'il a été bouffé par la cocaïne.

L'infirmière était retournée à son bureau en refermant la porte derrière elle. Septembre a ouvert les placards puis volé des pansements et des flacons de gel hydroalcoolique. Les traits au fond de la piscine flottaient encore devant mes yeux. Septembre a approché son visage du mien et murmuré quelques mots absurdes à mon oreille.

Tout à coup, Maman était là. Elle a franchi la porte en courant, les clefs de la voiture à la main, les cheveux mouillés et pas coiffés, les doigts couverts de peinture. Elle nous a serrées dans ses bras.

Qu'est-ce qui s'est passé ? elle a demandé une première fois, puis à nouveau dans la voiture. Mais j'ai refusé de répondre, et Septembre ne lui dirait jamais, même si, moi, j'avais envie de le faire. Septembre n'avait besoin de personne. Je savais que si on racontait tout à maman, ça ne ferait qu'aggraver la situation. Les adultes ne comprenaient jamais rien. Ils avaient oublié ce que c'était d'avoir peur. J'ai croisé son regard dans le rétroviseur.

À la maison, elle est allée chercher des couvertures pour nous construire un château fort sur le canapé, puis elle a envoyé Septembre faire griller des toasts au fromage. Elle s'est perchée sur l'accoudoir et elle m'a observée. Il y avait des traces noires sur son visage.

Je sais ce qui s'est passé, elle a dit.

Je ne m'attendais pas à ça. Je suis restée immobile à guetter les bruits de Septembre dans la cuisine. J'attendais son retour. Elle, elle saurait quoi dire.

Je sais comment ça va se passer si la situation dégénère et que Septembre s'énerve, a dit maman.

Elle a pressé les doigts contre ma tempe et elle a frotté ma peau à vif. J'ai posé la tête sur son pantalon, qui sentait la mine de plomb et le café noir. Elle nous avait conçues avec un homme qui lui faisait peur, même si elle refusait de nous dire pourquoi. Parfois des mois durant, elle parlait peu, elle n'aspirait qu'à nous prendre dans ses bras, elle commandait des plats préparés, elle prenait des bains pendant tout l'après-midi. Parfois des mois durant, où elle nous disait vivre dans une tristesse qui avait la couleur de la rouille et du cuir.

J'ai frotté le tissu de son pantalon entre mes doigts en ouvrant la bouche, puis je l'ai refermée. Il n'y avait rien à dire. Je n'admettrais jamais devant maman que Septembre se battrait avec ces filles si nécessaire, et que, si elle faisait ça, j'en serais ravie. Je me suis demandé ce que ça faisait d'être la mère de deux filles qui n'avaient pas besoin de vous.

Septembre est revenue en tapant des pieds, la bouche pleine de fromage et d'une colère flagrante.

Ce soir-là, elle a terminé les phrases à ma place, elle nous a pelé des oranges. Dès que je voulais faire quelque chose toute seule, elle sifflait et me tapait sur la main, tournait le bouton du robinet ou versait elle-même le cacao dans la tasse. On s'est blotties dans le château fort sur le canapé et, épuisée, elle s'est endormie à neuf heures, la tête sur mes genoux et la lumière de la télévision qui renvoyait une teinte verte sur son visage. C'est là que le SMS est arrivé.

Je t'ai vue partir aujourd'hui. J'étais inquiet. Ça va ?

Ça venait d'un numéro que je ne connaissais pas, parce que je ne connaissais aucun numéro à part celui de maman et du portable que nous nous partagions, Septembre et moi. J'ai regardé longtemps le message en attendant que Septembre se réveille pour me dire ce que je devais faire. Je ne savais pas qui c'était. On n'avait aucun ami au lycée, on évitait tout contact. La seule fête à laquelle maman avait réussi à nous faire inviter à l'âge de sept ans s'était terminée en drame quand Septembre avait coupé la queue-de-cheval d'une petite fille. Je ne voyais personne qui puisse s'inquiéter de mon départ du lycée.

Qui c'est ? j'ai demandé par SMS.

La réponse est arrivée immédiatement. Mes dents se sont entrechoquées :

Ryan, avec un visage souriant. *C'est Juillet ?*

Oui, j'ai répondu.

Puis j'ai posé le téléphone par terre près du canapé pour ne plus le voir. Folle d'une excitation dangereuse, malade de culpabilité à l'idée de faire quelque chose sans Septembre, je me suis demandé si c'était vraiment lui. Mais cette nuit-là, dans mon lit, avec Septembre endormie de l'autre côté de la chambre, j'ai répondu au flux de ses SMS. Je me suis convaincue que ces mots lui ressemblaient, qu'ils avaient quelque chose de Ryan, que ça ne pouvait être que lui.

Il a écrit : *Tu nages bien. Moi aussi j'aime nager, on pourrait peut-être aller à la piscine ensemble.*

Il a écrit : *Ta sœur fait peur ! Mais c'est bien.*

Il a écrit : *On devrait se parler plus souvent au lycée.*

Vers quatre heures du matin, il a écrit : *Faut dormir un peu. On se voit dans 4 h !*

4 h. C'était la première abréviation qu'il utilisait, et ça m'a remplie de joie.

Au lycée, le lendemain, j'ai guetté des signaux, mais il n'y en a eu aucun, ou alors je ne les ai pas vus. En maths, il m'a passé une feuille en me faisant ce qui était peut-être un sourire. Au déjeuner, il m'a laissée prendre la dernière part de tarte aux pommes. Septembre m'a tiré les cheveux mais n'a rien dit.

4

Maman dans sa robe dorée et ces chaussures rouges qu'elle avait empruntées à une amie. Septembre qui me lisse les cheveux. Le téléphone dans la poche de cette robe que j'ai choisie avec soin. Maman si nerveuse qu'elle rate son trait de rouge à lèvres et que Septembre doit le lui enlever à l'aide d'un mouchoir et le faire à sa place. Descendre toutes les trois à pied en ville sous le grand parapluie, le coude de Septembre qui me rentre dans les côtes et le parfum de maman qui embaume. La librairie avec son carré de lumière dessiné sur le trottoir par la porte ouverte. Les verres de prosecco qu'on boit le plus vite possible en se chronométrant.

Le dessin sur la couverture du nouveau livre de maman représentait ses filles, Septembre avec une boussole, moi derrière elle avec une vieille lanterne. Aussi loin que remontent mes souvenirs, on figurait dans ses livres. Septembre aimait que maman nous dessine pour ensuite désigner les livres dans la devanture de la librairie en expliquant que c'était nous. Moi, j'en avais toujours douté. Je n'aimais pas les yeux sans vie de ces pages qui me dévisageaient, cette attention réduite à un petit point noir, les commentaires que faisaient les gens sur nous quand ils nous rencontraient dans une librairie ou lors d'une réception en l'honneur de maman. À l'âge de cinq ans, j'avais pleuré et pleuré jusqu'à ce qu'elle jure de ne plus me dessiner. Pendant un an, elle n'avait représenté que Septembre. Qui grimpait à un arbre ou plongeait dans la piscine de l'école pour récupérer au fond une clef qui permettait d'ouvrir une boîte. Mais, un an plus tard, maman avait recommencé à me dessiner, même si, en silence cette fois, je continuais à ressentir la même chose.

Elle écrivait des livres pour enfants avec une illustration à chaque page. Dans le dernier, on avait fui un couvent et on cherchait à pénétrer une grotte secrète censée contenir un trésor. On y portait des écharpes jaunes assorties (comme pour cette soirée de lancement). Septembre escaladait, sautait et courait partout tandis que moi, j'étais absorbée dans un livre ou en train de chercher quelque chose avec une énorme loupe. J'avais essayé de lire ce livre mais ça me donnait des vertiges de me voir, alors, un soir, Septembre me l'avait lu à voix haute, allongée sur le lit de maman qui travaillait à l'étage. Elle prenait un drôle d'accent pour mes répliques et tordait son visage pour m'imiter, ce qui me faisait grimacer.

L'éditeur de maman assistait à la fête, ainsi que ses amis et la plupart des gens de la librairie. Tout le monde discutait et riait. Quelqu'un avait mis du Kate Bush si fort qu'on devait crier pour se faire entendre. Septembre se faufilait entre les gens, volait des verres de vin et faisait un sourire charmant dès qu'on la regardait. Elle était douée pour ça. Elle savait toujours quoi dire. Dans ma poche, le téléphone n'arrêtait pas de vibrer. Maman allait bientôt faire son petit discours. On l'avait aidée à l'écrire la semaine précédente en buvant du thé earl grey jusque très tard et en riant de ses jeux de mots ratés.

J'ai faussé compagnie à Septembre pour aller aux toilettes. Le sol était couvert de papier hygiénique détrempé. Je me suis assise sur la cuvette.

Ryan disait : *Qu'est-ce que tu fais ce soir ?*

Ryan disait : *Je suis dehors avec des amis. J'aimerais que tu sois là.*

Ryan disait : *J'ai l'impression que personne ne me connaît vraiment. Sauf toi, peut-être.*

À la fin de chaque SMS, il y avait un smiley et trois baisers. Ils arrivaient trop vite pour que je réponde à chacun. Tous étaient lourds de sous-entendus. J'avais mal aux pouces à force de taper. Quand quelqu'un a frappé fort à la porte, je me suis accroupie par terre en silence. J'ai parlé à Ryan de Septembre et de la soirée de lancement pour ce livre où notre image nous avait été dérobée. Je lui ai avoué de petites choses qui, je le savais, n'avaient aucune importance, mais qui me tracassaient et que je ne parvenais pas à oublier. Il a dit : *Moi aussi je ressens ça des fois.* Il a dit : *C'est dingue ! Je pense pareil.*

En relevant la tête, je me suis rendu compte que j'étais partie depuis un bon moment et que j'avais sans doute raté les discours.

Quand je suis redescendue, tout le monde avait disparu, à part quelques personnes en train de débarrasser les verres.

Ils sont au pub, m'a dit l'un d'eux en désignant du menton la porte et, plus loin, le bâtiment de l'autre côté de la rue.

Il y avait tellement de monde dans le pub que personne ne pouvait s'asseoir. Les chaises avaient été repoussées contre les murs. Les serveurs transpiraient derrière le long comptoir en bois, le sol glissait à cause de la bière renversée et crépitait de chips écrasées sous les pieds. La musique rugissait dans mes tympans. J'avais envie de sortir dans le froid avec le téléphone pour attendre les SMS. J'avais envie de raconter ce qui se passait à Septembre, mais j'avais tout autant envie de garder ça pour moi. J'ai vu maman hilare au bar, ses chaussures à la main. Un enfant est passé en courant. Septembre m'a attrapée par le bras et m'a entraînée vers la sortie. Quelqu'un est entré, laissant la porte entrouverte. La pluie s'est rabattue sur nos jambes.

Où t'étais ? Qu'est-ce que tu faisais ?

Elle me secouait en serrant les dents, les doigts crispés autour de mon bras.

Nulle part.

Je t'ai cherchée. Je te cherche depuis des heures.

Désolée.

Septembre m'a relâchée et m'a tiré la langue. Putain, j'avais besoin de toi. Putain.

Putain, j'ai répété.

Putain de merde.

Le téléphone a vibré dans ma poche.

Je dois aller aux toilettes, j'ai dit.

Non.

Si. J'ai besoin d'y aller.

Elle m'a observée.

Tu dois me dire ce qui se passe.

J'ai tenté de faire le vide dans mon cerveau.

Rien du tout.

Je ne te crois pas.

Je n'ai rien dit. Si je disais quoi que ce soit, elle creuserait entre les mots et finirait par déterrer la vérité enfouie.

On prend un verre, et ensuite je te laisse y aller.

Elle a refermé les doigts sur mon bras et m'a traînée dans un coin désert. Elle a réussi à convaincre un barman qu'on avait l'âge légal pour consommer de l'alcool, et on a récupéré une bouteille qui contenait un liquide sucré et collant. Elle l'a portée à ma bouche, j'ai toussé à cause des bulles. Je sentais le téléphone vibrer dans ma poche et je tentais de ne pas y penser. Septembre m'a montré quelques personnes qu'on connaissait et s'est penchée pour murmurer à mon oreille.

J'ai besoin de faire pipi, j'ai dit.

J'ai bien entendu que je parlais au ralenti, que mes mots s'entremêlaient.

Elle m'a lancé un regard noir, mais, quand je me suis éloignée, elle n'a pas bougé.

Les toilettes du pub étaient encore plus sales que celles de la librairie. Quelqu'un était en train de vomir dans une cuvette et une autre était bouchée. Je me suis placée devant le miroir. J'ai sorti le téléphone de ma poche.

Le SMS disait : *Tu me plais, Juillet.*

Je me suis accrochée au lavabo. J'ai eu envie de répondre (*Toi aussi tu me plais*) puis j'ai effacé le message et j'ai commencé à en écrire un autre. Un nouveau SMS est arrivé.

J'ai envie de te voir. Tu peux m'envoyer une photo ?

Quel genre de photo ? j'ai répondu alors que j'étais déjà en train de me diriger vers la cabine vide, de verrouiller la porte, de détacher ma robe et d'éloigner le téléphone de moi. Mes mains s'agitaient comme si elles appartenaient à quelqu'un d'autre. L'alcool m'a encore plus convaincue. Je le sentais envahir le haut de mon corps et prendre mes doigts. La musique à l'étage du dessus faisait vibrer le plafond. Je sentais déjà le goût de la fureur de Septembre. Il n'y avait rien qu'on ne faisait pas ensemble, et voilà où j'en étais.

Une photo sexy, disait le message.

J'ai mis du temps à faire la photo. J'étais tellement nerveuse que je n'arrêtais pas de lâcher le téléphone, ou alors j'oubliais de sourire. Sur la plupart des clichés, j'avais l'air effrayée, comme si on m'avait kidnappée et que quelqu'un hors champ me contraignait à prendre cette photo. Sur tous, j'avais l'air hantée, presque irréelle – je ressemblais au fantôme des livres de maman. Je n'arrêtais pas de repenser à Septembre qui lisait tout haut en imitant ma voix de façon si convaincante que je n'avais même pas besoin de lire mes propres répliques. Je me disais : il faut que je retourne en haut, que je trouve Septembre, que je lui demande de prendre cette photo. Mais je ne l'ai pas fait. Ces SMS étaient destinés à moi et rien qu'à moi.

Quelqu'un est entré et a crié mon nom.

Juillet, où tu es ?

J'arrive, j'ai dit en agitant les doigts sur le téléphone, manquant de le lâcher de nouveau, pour faire enfin cette photo. La porte s'est ébranlée et a failli sortir de ses gonds. Septembre cognait sur le battant avec ses poings. Le verrou a presque cédé. J'avais les dents serrées, je m'obligeais à ouvrir les yeux, je tirais ma robe sur le côté, j'ai pris une dernière photo, que j'ai envoyée.

Ouvre-moi, sorcière.

J'ai tiré sur le verrou, et elle est entrée en me plaquant contre la paroi. Elle avait les pupilles dilatées, la bouche humide. Elle a refermé la porte derrière elle.

Qu'est-ce qui se passe ?

Rien, j'ai dit, mais à cet instant mon regard s'est déplacé vers le téléphone. Elle a fait un sourire et voulu l'attraper, me griffant le visage au passage, le manquant de peu. Je me suis jetée sur le côté, j'ai relevé l'abattant des toilettes et j'ai lancé le téléphone dans la cuvette. Elle a poussé un sifflement pendant qu'il sombrait.

C'est pas drôle, bête de Juillet.

Le reste de la soirée est flou et étrange. Maman est montée sur une table pour faire un autre discours où elle a dit qu'elle n'aurait jamais pu faire tout ça sans Septembre et moi. Quelqu'un a crié, Yeah, Sheela.

À deux ou trois heures du matin, elle nous a acheté des frites juste à côté et on est rentrées à pied. La lune éclairait la ville. J'ai pensé à l'éclipse/aux passages piétons/à la piscine où je m'étais cogné la tête. Septembre commentait la soirée et maman riait, la tête rejetée en arrière. Les frites étaient imbibées de vinaigre et le téléphone avait disparu. Dans mon lit, étendue sans parvenir à dormir, j'ai rallumé la lumière. Septembre m'avait rejointe, elle dormait les deux bras au-dessus de la tête, ses jambes prenant bien plus que la moitié de l'espace.

Le lendemain matin, on allait être en retard pour le lycée. Maman avait la gueule de bois et des lunettes de soleil, elle buvait du café dans un thermos et roulait à deux à l'heure. J'ai attrapé la main de Septembre pour lui expliquer en silence ce qui s'était passé, mais elle n'y a pas prêté attention. Elle était toujours en colère à cause du téléphone. Elle avait insisté pour qu'on en partage un plutôt que d'avoir chacune le sien. Je me suis mise à regarder par la vitre.

J'aimerais tellement que cette pluie cesse, bon sang, a dit maman. Sinon, la maison va finir par être emportée, et mes chères filles avec.

La rue du lycée était très encombrée, alors on a terminé le trajet à pied. J'avais de l'électricité statique dans les doigts. Un sentiment de malaise me pesait à la manière d'un repas à moitié digéré. J'ai repris la main de Septembre. Cette fois, elle a dû s'apercevoir de quelque chose, parce qu'elle s'est retournée pour me regarder.

Qu'est-ce qu'il y a, bête de Juillet ?

J'ai secoué la tête. Au portail, des filles nous observaient, leurs têtes très proches les unes des autres, bouche bée, ces organes obscurs qui contrastaient avec leur peau claire.

Alors ? a demandé Septembre, mais on avait atteint la grille et, avant que j'aie pu lui répondre, on était dans le lycée. Tout le monde regardait son téléphone. Quand on nous a vues, j'ai entendu prononcer mon nom à plusieurs reprises. L'expression de Septembre était en train de changer. Une professeure se frayait un chemin vers nous en levant les bras, elle avait des auréoles de sueur sous les aisselles. Elle a voulu nous prendre à part, mais quelqu'un a eu le temps, par-dessus son épaule, de nous tendre un écran de téléphone. Là, j'ai vu. Je n'ai pas reconnu ce visage rond et ces tétons comme des points d'exclamation retournés. Derrière, on apercevait le réservoir des W.-C. La silhouette portait ma robe. Tout le monde me regardait avec des yeux comme des billes dans la lumière blanche du couloir. C'était comme si on m'avait mis dans les oreilles, le nez et la bouche quelque chose qui était en train de gonfler d'humidité. J'avais mal aux dents comme si j'avais mordu dans un objet très froid. Septembre a vu la photo, s'est retournée et m'a dévisagée.

5

On n'est pas allées au lycée de la semaine. Chaque jour, je voyais Septembre de plus en plus furieuse, qui passait chaque repas sans respirer ou presque. Elle avait inventé plein de mots pour décrire Lily, Kirsty et Jennifer ; sorcièresfrémissantes, têtedhaleinequipue. Moi, j'étais dans la brume, j'allais du lit au canapé et du canapé au lit. Ivre de colère, Septembre tournait autour de moi comme un chien enragé. Si maman venait nous proposer de regarder un film, les yeux de Septembre lançaient des éclairs comme si même elle ne devait pas approcher, comme si même elle devait faire attention. Quand je me réveillais en pleine nuit, je découvrais maman dans notre chambre, assise sur une chaise près de la fenêtre en train de surveiller la rue, ou bien tournée vers le lit pour nous regarder dormir. Je comprenais alors qu'elle ne pouvait approcher que lorsque le sommeil rendait Septembre docile. Elle me demandait sans cesse ce que je ressentais, comment j'allais, mais je n'avais pas envie de rendre ça encore plus concret avec des mots. Je surfais sur des vagues de prise de conscience inquiètes dont la profondeur m'était inconnue.

La veille de notre retour au lycée, Septembre a annoncé qu'on sortait faire un tour. On est allées en centre-ville et on a fait les boutiques. Comme je craignais de croiser des élèves du lycée, elle m'avait affublée d'une casquette et de lunettes de soleil, et on marchait les bras entrelacés. On entrait dans chaque magasin de vêtements et on palpait tout, les paillettes, le velours si doux au toucher. On a essayé des rouges à lèvres chez Boots en s'accroupissant pour ne pas se faire remarquer. On a vaporisé du parfum dans l'air puis on est passées au milieu des gouttelettes. Je sentais le lendemain en suspens dans les allées trop éclairées des déodorants et des shampoings. Tous les élèves qui avaient vu la photo seraient au lycée. Le pire, c'était Ryan. Pouvait-il ne pas l'avoir vue ? Peut-être qu'il était tombé malade et qu'il n'était pas présent ce jour-là. Septembre a tapoté du parfum dans mon cou et à l'intérieur de mon poignet en disant, Je l'aime bien, celui-là, puis elle a glissé le flacon dans la poche de mon manteau et m'a fait sortir devant elle.

C'était un lundi, et je savais que Septembre n'allait pas en rester là au sujet de la photo. Elle était tellement furieuse que ma tête bourdonnait d'anticipation. Maman avait dû le sentir, elle aussi, parce qu'elle a garé la voiture et s'est retournée vers nous.

C'était affreux, mais maintenant c'est fait, elle a dit. Alors, on passe à autre chose.

Elle nous regardait, mais je savais que ce n'était pas à moi qu'elle s'adressait. Septembre a ouvert la portière à toute volée, et elle a disparu.

En réalité, c'était pire qu'avant. J'étais habituée à ne faire qu'une avec les murs, à ce que personne ne me remarque. Plus question de ça. La photo ne cessait de ressurgir : quelqu'un l'avait photocopiée et collée sur les casiers dans le foyer des terminales, un autre l'avait envoyée sur tous les ordinateurs du lycée, si bien qu'on l'apercevait où qu'on aille. Je pleurais sans arrêt pendant les cours et je devais sortir pour aller aux toilettes, Septembre sur mes talons. Sur cette photo, je ressemblais à quelqu'un d'autre. Parfois, je parvenais à croire que ça n'était pas vrai, puis quelqu'un me montrait du doigt, et ça me revenait aussitôt. Mon regard ébahi sous le flash, mes seins. Cette partie de mon corps qu'à part Septembre personne n'avait vue depuis l'enfance.

Ryan avait été convoqué par le proviseur. Il apparaissait partout telle une brûlure dans le hall jaune pâle, au bout du couloir, au seuil d'une salle, au gymnase avec ses jambes maigres comme deux bâtons dans son short. Bien sûr qu'il avait vu la photo, et bien sûr qu'il savait que je l'avais prise en croyant la lui envoyer. Avant, il ne savait sans doute pas qui j'étais mais, là, ce n'était plus possible de l'ignorer.

Tous ceux mêlés de près ou de loin à l'affaire étaient convaincus qu'il n'y était pour rien. Vu la manière dont Lily et ses deux amies se pavanaient, ça ne faisait aucun doute. Cette façon qu'elles avaient de rire quand j'arrivais. Un matin, Kirsty exhibait une copie de la photo accrochée sur son buste. C'était avant les cours. Les fenêtres étaient couvertes de buée. Nous attendions l'appel dans le foyer. Adossé aux casiers, les bras croisés, Ryan gloussait de quelque chose qu'on venait de lui raconter. Kirsty s'était fait des macarons dans les cheveux comme princesse Leia et elle avait posé sa veste d'uniforme sur un bras. La photo était accrochée avec du scotch à son chemisier blanc, mais, comme elle n'arrêtait pas de glisser, Kirsty la tenait avec ses doigts aux ongles vernis en vert. Derrière elle, je voyais Jennifer et plusieurs autres filles pliées de rire. Tout le monde se tournait pour comprendre ce qui les rendait hilares. J'ai planté les dents dans la chair tendre de ma lèvre inférieure en me répétant : Non, non, non. La colère de Septembre faisait comme des pointes sur son visage. Elle s'est levée du banc où on était assises. Inquiète, j'ai tendu la main vers elle, mais elle m'a repoussée. Les yeux de Kirsty clignaient dans notre direction, elle regardait Septembre avec méfiance, comme si elle commençait à regretter son geste. Septembre l'a attrapée par un macaron et a tiré sa tête vers le sol pendant que Kirsty hurlait et griffait. Dans cette lutte de pouvoir, Kirsty a protesté (Lâche-moi, sale pute) et tout le monde s'est rassemblé autour d'elles. Ryan et quelques amis étaient montés sur le billard pour mieux voir. La moitié de la classe s'est jetée dans la bagarre, tirant Septembre par les cheveux et les bras, cherchant à atteindre mon visage. J'ai senti un cri qui faisait trembler mes côtes et menaçait de s'échapper. Un professeur a reçu un coup au passage et s'est mis à saigner du nez. Septembre a été arrachée à Kirsty, qui est revenue à la charge, les poings levés, agitant les bras. J'ai mis les mains sur mes tempes et je me suis jetée de toutes mes forces dans la mêlée.

Toutes deux ont été exclues trois jours. J'ai refusé d'aller au lycée sans Septembre, et maman ne m'y a pas obligée. Septembre avait l'air songeuse à la table de la cuisine avec son café et les devoirs qu'on lui faisait parvenir. Je ne dormais pas, et elle veillait avec moi. On jouait à Septembre a dit ou à cache-cache dans le noir, on se déplaçait à quatre pattes, on étalait sur notre figure la poussière accumulée derrière le canapé. Elle n'arrêtait pas de répéter : Je vais faire quelque chose. Je ne savais pas ce que ça signifiait, et je craignais de lui poser la question. Chaque fois qu'elle avait agi par vengeance ou sous le coup de la colère, ça s'était mal terminé. Quand on était petites, un camarade m'avait volé mon sac et elle lui avait collé les mains à une table ;

et puis, il y avait les jours où maman n'était pas d'accord avec elle et où elle lui faisait cette drôle de tête.

Je cherchais d'autres solutions, d'autres issues. On aurait pu partir à jamais. Changer de nom pour que personne ne nous retrouve, aller vivre toutes les trois en Islande ou au Mexique. J'avais envie de lui dire tout ça, mais quelque chose m'en empêchait. J'oubliais tout ce qui s'était passé puis, avec un frisson, ça me revenait en bloc.

J'ai trouvé ce qu'on va faire, elle a dit un après-midi. La radio avait annoncé l'arrivée d'une tempête du nom de Regina. Septembre a désigné la rue, où le vent soufflait déjà. Tu te souviens de ce bâtiment près des vieux courts de tennis ? La cabane qui servait de remise ?

On y était allées plusieurs fois quand on cherchait encore à découvrir le lycée et ses cachettes. Les courts de tennis étaient parfois utilisés à l'époque, mais la cabane moisie s'écroulait déjà. Les arbres avaient fini par la dissimuler depuis la cour, et tout le périmètre était tombé à l'abandon. Septembre a allumé la lampe de chevet. La lumière semblait se refléter dans ses yeux.

Je me disais qu'on pourrait peut-être dire à Lily et aux autres de nous y rejoindre.

Je n'ai pas répondu.

Qu'est-ce que tu en penses ?

J'ai gardé le silence.

Allez. Fais pas ta chieuse. On va leur demander de nous y retrouver, comme ça, je pourrai leur parler loin de tout le monde. Je vais leur faire un peu peur.

Je suis pas une chieuse.

Si.

Ma salive me paraissait âcre.

C'est une bonne idée.

Je sais, elle a dit. Je leur demande demain ?

D'accord.

Qu'est-ce que tu en dis ?

D'accord, j'ai dit plus fort.

Tout me ramène à ça : les courts de tennis à l'abandon noyés sous la pluie de la tempête, nos pieds et nos mains couverts de boue, les vieux projecteurs qui gémissaient dans le vent. Septembre qui sifflait un air de pipeau que je percevais malgré les bourrasques. Le matin, dans la cuisine, je l'avais vue glisser dans sa poche le petit couteau à découper les oignons de maman, puis lever le menton vers moi, comme pour me mettre au défi de la dénoncer. Un arbre s'abat (vraiment ?) sur le court de tennis à cause du déluge, et la cabane s'arc-boute contre le vent. J'avais entendu l'ambulance arriver, donc la pluie avait dû se calmer. Les jointures des mains de maman étaient blanches sur le volant. Septembre m'a glissé à l'oreille que je n'aurais rien pu faire, que ça devait se passer comme ça. Mes souvenirs s'entremêlaient. Dans le virage, les filles avaient l'air apeurées. Je ne voyais pas tout ce qui se passait. On leur a foutu un peu la trouille. C'est tout ce qu'on a fait, a dit Septembre. On leur a foutu un peu la trouille.

Par la suite, je suis tombée malade. Pas ces rhumes d'hiver que je traînais jusqu'au printemps pluvieux, quelque chose de plus grave. J'avais souvent la nausée dans les petits matins glaciaux et je vomissais mon dîner. La peau sur mes mains et dans le pli de mes genoux était à vif, elle pelait ou bien me démangeait à tel point que ça me réveillait la nuit et que je me grattais au sang. J'étais fatiguée, les médicaments que le médecin m'avait prescrits accentuaient cette fatigue et me rendaient irritable, presque hébétée.

On avait conclu un pacte. À Oxford. Main dans la main face au miroir pour que cette promesse soit scellée par notre reflet. On tiendrait bon, quoi qu'il se passe. Septembre était à côté de moi, pourtant j'avais l'impression de ne rien avoir dans la main. Je serrais en vain. Tu promets, Juillet ? elle avait dit. Je lui aurais promis n'importe quoi. Juillet, elle a dit. Écoute. On n'a jamais trahi une promesse qu'on s'est faite.

6

Je sens quelque chose accroupi sur moi dans mon sommeil, mais je suis incapable d'ouvrir les yeux. Un souffle chaud sur mon visage et ce qui ressemble à des poings appuyant sur mon torse. J'essaie de parler, d'appeler Septembre, mais je ne peux pas bouger, j'ai les bras et les jambes raides. Quand j'entrouvre un œil, je vois flou. Au-dessus de moi, il y a une silhouette dont je crois reconnaître le visage, puis tout redevient noir, et la silhouette s'efface.

Maman a dû descendre dans la nuit car il y a une casserole de chili con carne décorée avec un cœur composé de feuilles de coriandre. Septembre renifle et refuse de manger. Je remplis un bol à ras bord, je le regarde tourner dans le micro-ondes puis je me brûle le palais en le dévorant. J'engloutis un deuxième bol juste après le premier. J'ai mal à la poitrine, qui commence à se couvrir de bleus. Ces traces en forme de doigts écartés me font peur. J'aimerais demander ce qu'elle en pense à Septembre, mais elle a l'air tendue. Elle inspecte nos profils sur les sites où on est inscrites. On a reçu plusieurs messages. Parfois, on imagine une histoire derrière les personnages qu'on a créés. Ce que ces femmes faisaient au lycée, leurs activités le week-end, qui étaient leurs amis dans leur jeunesse. On invente les événements marquants de leur vie : le jour où elles avaient sauvé un chat en vacances en Grèce, le meilleur repas de leur vie. Ça me rend nerveuse d'aller sur ces sites, de faire semblant, sans compter la possibilité qu'on soit découvertes. Parfois, on se fait passer pour des hommes, ce qui est plus simple, car si loin de nous. Se prendre pour quelqu'un d'autre, c'est comme enfiler un costume qui ne vous va pas, dont les manches frottent sur vos bras jusqu'à les faire rougir, ou qui flotte à la taille.

La connexion Internet est étrange. L'écran d'ordinateur est envahi de fenêtres pop-up et la machine produit un vrombissement sourd. Il manque des pans entiers de sites, les photos sont partielles, les phrases interrompues. On insiste mais, pour finir, les onglets se ferment d'un coup et l'écran devient noir.

Les virus sont les fantômes d'Internet, déclare Septembre puis, les épaules presque au niveau des oreilles, elle murmure : Putain, putain, putain. Allez, viens, on va à la plage.

On reste un moment devant la chambre de maman. Quand je colle l'oreille à la porte, j'ai l'impression de l'entendre se déplacer à la manière d'un petit rongeur. Je guette le bruit d'un crayon sur une feuille de papier. Si elle travaille, alors tout va bien. Juste avant notre départ d'Oxford, elle avait commencé un livre où Septembre et moi, on se rendait en bateau sur une île enneigée, malgré le plein l'été, avec pour mission d'y faire revenir la chaleur. Si elle travaille, peut-être qu'elle nous pardonnera. Mais, après avoir perçu un mouvement un instant, il n'y a que du silence.

Allez, viens, dit Septembre. On lui laissera un mot.

On ne prend même pas cette peine. Il y a de grosses bottes en caoutchouc à la porte du jardin, dans lesquelles on glisse nos pieds. Septembre fait le tour de la maison les poings sur les hanches, le menton rejeté en arrière vers un ciel bleu acier. Elle a quelque chose autour du cou – les jumelles. Je ne l'ai pas vue les prendre dans la maison.

Pourquoi tu as ça ?

Pourquoi, d'après toi ? elle dit d'une voix qui se réfracte et croît à mesure qu'elle tourbillonne.

Je me souviens du soir où maman, en rentrant d'un dîner chez une amie, était d'humeur bavarde et nous avait préparé un chocolat chaud dans la cuisine. Elle nous avait parlé de notre père et de ces jumelles qu'il possédait depuis l'enfance, combien il y tenait, combien il était furieux si elle y touchait. De ces jours où il s'habillait chaudement et partait à la chasse aux oiseaux avec ses jumelles. Il ne disait pas observer, mais chasser. Il revenait galvanisé et causant de telles expéditions. Je l'imagine debout à une fenêtre de l'étage, en train de nous observer aux jumelles. Il est jeune, plus jeune que nous, et la peau à vif autour de ses yeux du même bleu que ceux de Septembre est rougie à force d'y presser les jumelles.

Quand elle descend l'allée, ses mollets ressortent des bottes trop grandes. Je la rattrape en courant et on marche ensemble. Nos bras se frôlent.

Regarde, dit Septembre. L'horizon est irrégulier à cause des collines, mais on aperçoit la mer au loin. C'est la fin mai, le soleil nous brûle la tête et réchauffe la terre. Parfois, je sens une résistance en moi, comme si j'étais aveugle et que je palpais le bord d'un précipice du bout des orteils. Je tente de lester mes mains, mais Septembre insiste. J'imagine maman sortir de sa chambre et s'apercevoir qu'on a disparu. Elle pourrait croire qu'on a fugué, qu'on l'a quittée pour toujours. On accélère le pas, on s'éloigne de la route par un pré où l'herbe épaisse et affûtée nous coupe presque au sang. Septembre hésite, porte les jumelles à ses yeux et examine le ciel.

Qu'est-ce que tu regardes ?

Elle ne répond pas.

Je continue à marcher vers les dunes. Septembre produit de petits bruits derrière moi, des clics, d'étranges appels, des incantations, des murmures, des mots inventés. La mer est d'un blanc luisant, comme si elle était grasse. Un chemin mène vers la plage. Je retire mes bottes, le sol d'abord humide et froid devient sec et chaud.

Je me retourne. Septembre n'est plus dans le creux du sable derrière moi. Je la cherche en progressant péniblement sur la dune. J'aperçois un bâtiment sur pilotis dans le sable avec une ouverture horizontale, à peine plus large que ma paume, qui fait tout le tour de la cabane. Quelqu'un m'observe depuis l'intérieur. J'ignore qui c'est, mais je sais que ça n'est pas Septembre. Je m'accroupis, j'essaie de me faire toute petite. Je me sens prisonnière du rayon qui traverse cette étroite fenêtre. Sur le flanc de la cabane, une porte s'écarte vers l'intérieur. Je sais que la personne qui l'ouvrira me donnera la clef de ce qui s'est passé sur le court de tennis.

Qu'est-ce que tu fais ? me crie Septembre.

Elle est dans l'embrasure, penchée vers l'extérieur. Les jumelles pendent à son cou. Qu'est-ce que tu fais ? Viens.

Non, je réponds, et elle comprend ma réticence. Qui ne sera pas sans répercussions.

C'est un poste d'observation des oiseaux. Je pense avoir vu un cerf-volant. Ou un héron. Viens.

Je croyais qu'on allait à la plage. C'est ce que tu as dit. Qu'on allait à la plage.

Je me redresse avec peine puis je me laisse glisser loin de la cabane en direction de la plage. Septembre crie et rit derrière moi. La pente est raide, je rejoins la mer et ses vagues glacées sur les fesses. La marée a laissé une traînée de détritus et de débris sur le sable. Je me relève et je descends la dernière dune en courant. Septembre caquète derrière moi. Je me sens mieux quand je ne vois plus le poste. Septembre m'entoure de ses bras et je me dis qu'elle m'a peut-être pardonné.

On va et on vient sur la plage. Parfois, le soleil apparaît et projette de longues ombres sur les galets et nous tape sur les épaules. Mais, la plupart du temps, il y a un vent fort et le sable fouette nos jambes nues, nos cheveux ont un goût salé dans notre bouche. Septembre s'allonge et je l'enterre, d'abord les membres, puis le torse. On dirait une créature marine aux cheveux de sable.

Il y a quelqu'un, elle dit. Je regarde face au vent. J'aperçois à l'autre bout de la plage une silhouette qui progresse le long de l'affleurement rocheux. Elle porte un anorak orange.

On part ? je demande, mais soit Septembre n'entend pas, soit elle ne veut pas répondre.

La silhouette se rapproche, et je finis par distinguer son visage et la couleur de ses cheveux, du même orange que son anorak. Les vagues repartent à l'assaut de la plage.

Bonjour, crie le garçon quand il est à portée de voix. Salut. Il a un accent du coin, et notre âge, voire il est un peu plus jeune, les mains enfoncées dans ses poches, une grande bouche.

Salut, je réponds.

Derrière moi, Septembre murmure et s'extrait du sable comme une tortue. Il sent le sel et le shampoing. Il sort les mains de ses poches pour agiter les bras d'avant en arrière. Il a des membres longs et un peu bizarres, des touffes de cheveux hirsutes.

T'es du coin ? il me demande. Je t'avais jamais vue.

Je ne sais pas quoi répondre. Il y a quelque chose qui me plaît en lui.

On vient d'emménager, dit Septembre par-dessus mon épaule.

Il sourit et fait claquer sa langue.

Cool, c'est pour ça. Où ça ?

Je désigne un endroit plus loin que la plage et Septembre dit, Par là-bas. À la Settle House.

Ah ouais ? il lâche.

Oui.

On fait une petite fête ce soir.

Quel genre de fête ? demande Septembre d'un air revêche et d'une voix plus forte que nécessaire.

Une fête sur la plage. Il y a personne ici aussi tôt dans l'année. On allumera un feu, on apportera des bières. Alors bienvenue !

J'attends que Septembre dise quelque chose, mais elle reste silencieuse.

D'accord, je dis lentement. Peut-être.

Super, il répond. Super. Alors, à ce soir.

Je le regarde s'éloigner d'un pas lourd, tête baissée pour lutter contre le vent. Quand je me retourne, Septembre m'observe. Elle essuie le sable sur ses mains et secoue la tête.

Je ne voulais pas, j'ai dit. On n'est pas obligées d'y aller.

Allez, viens. On va voir ce qu'on peut se mettre avant que tu changes d'avis.

On trouve le carton avec des alcools que maman n'a pas encore déballés et on boit quelques gorgées à la bouteille. Il y a écrit porto sur l'étiquette, mais ça a surtout un goût de poussière.

Ça te fait quelque chose ? je demande.

Non, répond Septembre en haussant les épaules.

Je me sens un peu vaseuse mais je refuse de l'admettre si Septembre ne le fait pas.

On monte dans notre chambre, où on étale nos robes. Septembre tournoie en levant les bras. Je suis prise de bouffées d'angoisse et je retiens mon souffle, j'attends que ça passe. Septembre m'entoure le cou de ses bras.

Ne t'inquiète pas, bête de Juillet, ça va aller. Tu pourrais même t'amuser. Allez, mets un peu de musique.

Mais Internet fonctionne mal, et la musique ne surgit que par bribes. On finit par tout éteindre.

Enfile ça, dit Septembre en me tendant une robe avec un haut col en dentelle et une tache de spaghettis bolognaise à l'ourlet.

J'ai pas envie d'y aller.

Mets ça, et ça ira mieux.

Je suis un peu agacée, mais j'obéis. Septembre fait le poirier près du lit en culotte et soutien-gorge. Je pose la joue contre le mur et j'attends que la maison me parle, qu'elle me fasse ses commentaires sur la fête et le rouquin, mais je n'entends rien.

On descend voir ce qu'il y a à manger dans la cuisine, il ne reste que du chili et des sachets de thé.

De toute façon, manger, c'est tricher. Plus on a le ventre vide, plus vite on se soûle.

On boit des verres d'eau jusqu'à avoir l'estomac qui gargouille et dépasse de nos côtes. On se murmure plein de mots inventés.

7

Quand on atteint le chemin qui mène à la plage, il fait nuit. Ici, c'est très différent d'Oxford et de son ciel pollué par les lampadaires des rues. Il fait si noir que je vois à peine Septembre devant moi. Je sais qu'elle est là uniquement à cause de la sensation de sa main, ses doigts qui s'écartent et se referment autour des miens. Je guette la cabane d'observation des oiseaux, mais on a pris une autre route. Mon soulagement est vite balayé par une autre crainte. On doit rentrer. Évidemment qu'on doit rentrer. La plage est à nos pieds, un feu, des voix qui portent jusqu'à nous, la mer à la fois trop forte et trop lointaine, comme si on ne pouvait jamais l'atteindre. Des gens autour du feu qui s'amusent à sauter par-dessus les flammes. On ne devrait pas y aller, mais Septembre serre ma main encore plus fort et m'entraîne en courant dans le chemin.

On ne rejoint pas le groupe tout de suite, on fait d'abord un tour, de loin, dans la nuit.

Septembre tient nos chaussures au-dessus de sa tête et la mer froide recouvre nos chevilles. Je sens l'ourlet de ma robe lesté par l'eau, et je pose sa traîne sur mon bras. Il y a une odeur de bière et de viande en train de cuire. Je vois les yeux de Septembre qui, semblables à ceux d'un animal, se tournent vers le feu et le groupe. On s'approche peu à peu. On distingue six silhouettes assez espacées. Ils ont l'air d'avoir notre âge et ils boivent des canettes de bière en bavardant. Quelques-uns ont les cheveux mouillés, comme s'ils s'étaient baignés. L'un d'eux nous voit et nous fait signe.

Salut, il crie.

Les autres se tournent vers nous.

Septembre me pousse vers la lumière du feu. Il y a un gros morceau de viande carbonisée et deux boîtes de conserve vides au milieu des braises. Le bois provient de la plage, et son sel pique les yeux. Une fille nous lance une bière, qui me touche à la jambe et tombe sur le sable, Septembre la ramasse et la porte à mes lèvres, si bien que je suis obligée de boire. L'un d'eux crie et un autre rit. La bière est tiède.

Enfin, dit le garçon qu'on a vu plus tôt.

Cette bouche, peut-être. Ou bien sa façon de parler. Il a un accent si marqué que je mets du temps à décrypter les mots.

On avait dit qu'on viendrait, déclare Septembre en s'asseyant près du feu.

Je me replie derrière elle. Ils donnent tous leur nom, mais je n'en mémorise aucun à part le sien, John. Il y a deux garçons et le reste, c'est des filles. Je prononce mon nom et j'entends celui de Septembre comme en écho. L'une des filles, qui a une pointe métallique dans le nez, nous demande pourquoi on est ici.

Pourquoi pas ? répond Septembre, et la conversation démarre autour de nous.

Ils parlent de gens qu'ils connaissent, de comment ça se passe au lycée. Quelqu'un me tend une autre bière, alors que je ne me souviens pas d'avoir fini la première. Le deuxième garçon fait des blagues auxquelles personne ne rit pendant que John me parle si bas que je l'entends à peine. Je pense : Septembre, Septembre, Septembre et je me rends compte qu'elle est toujours assise près de moi. Elle ne boit pas, elle se contente de regarder les flammes et John. Je sens qu'il se rapproche. Son bras frôle le mien. Je me dis : Qu'est-ce que je vais faire ? Je sens le courant qui passe entre nous. J'imagine qu'il doit être capable de deviner mes pensées comme, parfois, je devine celles de Septembre à travers sa peau. Peut-être qu'on est reliées l'une à l'autre.

Je prends tout ce qu'on me donne : un bout carbonisé de ce qui doit être du poulet, une bouteille de cidre que je goûte puis repose pour que Septembre la boive à ma place, ce qu'elle fait. Ils nous posent d'autres questions : D'où on vient ? À quel lycée on va ? Et Septembre répond : Avant, on était à Oxford. On ne va pas au lycée.

Pas au lycée ? répète l'autre garçon. Et pourquoi ?

Parce qu'on veut pas, elle répond avec un sourire. Et parce qu'on fait rien qu'on veut pas faire.

Personne n'y trouve quelque chose à redire, et une fille lève sa bière vers nous.

John prend la parole. Je me tourne vers lui, mais il parle trop vite pour moi. Il raconte une histoire dont le sens m'échappe. Je sens la bière, le cidre et le porto circuler dans ma tête et mes mains. J'examine ces dernières pour vérifier qu'elles ne tremblent pas. Septembre ne dit plus rien. John met son visage près du mien et je sens sa bouche sur ma joue. C'est presque trop. Je m'écarte et je le regarde. Recommence, je le supplie en silence. Recommence. Mais je ne dis rien.

On boit encore plus. Je vérifie sans cesse que Septembre est là, elle me sourit, me caresse le visage et les cheveux, attrape mes mains, les approche des bouteilles de bière et de cidre sucré. Les conversations s'écoulent autour de nous comme une rivière. Parfois, on parvient à saisir quelques mots, à répondre à des questions assez générales lancées à la cantonade. Je me surprends à parler ou à constater que Septembre parle pour nous deux. À certains moments, elle est sèche et mauvaise comme avec tout le monde sauf moi, voire certains jours avec maman, mais de temps en temps elle se radoucit au contact de ces inconnus.

Je l'entends parler de notre mère et de nos centres d'intérêt. Je vois les autres se pencher très près pour l'écouter et hocher la tête ou rire, poser des questions, tenter d'obtenir son approbation. Je suis ivre. Elle est, je me dis alors, comme souvent, la personne que j'ai toujours voulu être. Moi, je suis comme découpée dans un univers tapissé d'étoiles moribondes, elle, la créature qui comble ce vide que j'ai creusé dans le monde. Je me souviens de notre promesse, plusieurs années plus tôt, celle qu'on avait écrite pour ne jamais l'oublier, de la façon dont on avait pressé nos mains autour de la feuille de papier en serrant et serrant encore.

Je suis tout au bord de l'eau, ivre. Septembre a remonté sa robe au-dessus de sa tête, et son corps illumine comme un phare dans la nuit. La mer est froide contre mes mollets et le bas de ma robe trempée colle à ma peau. Des silhouettes avancent à reculons dans la mer pour affronter la crête des vagues. L'un des garçons est nu et je vois son pénis contre sa cuisse quand il saute hors de l'eau.

Je sens le changement avant de le voir. Mes doigts me picotent, je pleure, même si j'ignore pourquoi. Je fais un pas en arrière. Quand je prononce le nom de Septembre, je crois qu'elle me répond, mais je n'en suis pas certaine. Elle me paraît si loin, à une distance impossible à atteindre. Quelqu'un me touche, même si je ne vois ni ses mains ni son visage. Je regarde en direction du feu, mais il n'y a plus personne. John a disparu. Je marche sur la plage, je me sens soûle, j'ai trop de bras et de jambes et dix mille orteils. Quand j'appelle Septembre, j'entends quelqu'un rire. On me tient par le poignet. Puis je l'aperçois à la lueur des flammes. Elle s'éloigne. Elle a remis sa robe, qui est plaquée contre son corps. Elle est en compagnie de quelqu'un. John. Les flammes s'agitent et, un instant, les ombres de Septembre et de John deviennent immenses, monstrueuses. Je reviens vers le feu. J'ai si froid que je ne sens plus ni mes mains ni mes pieds. J'ai les doigts engourdis jusqu'aux jointures. J'ai l'impression d'avoir les mains pleines et, si je tente de les refermer, je n'y arrive pas. Le temps d'une seconde surprenante, je me sens déplacée, déracinée. Je palpe les doigts de Septembre à l'intérieur des miens, ce double battement de cœur qui crée une bizarrerie dans mon torse, ma bouche si pleine d'une autre langue que je ne parviens pas à respirer. Je m'étends sur le sable. Tout ralentit, comme si le monde se mettait à résister. Je perçois quelque chose qui se serre puis, entre mes jambes, une brusque et étonnante pression, trop brève pour être réellement douloureuse. Où que soit Septembre, il y fait froid. Septembre, je pense. Septembre, Septembre, Septembre. Quelque chose me quitte. Je sens cette chose suinter et partir, partir, partir. Une douleur, puis je me mords la langue et je sens un goût de sel et de fer. Une douleur qui me fait penser que je suis peut-être avec Septembre et John, blottie en elle, aux aguets, que je ressens ce qui se passe. Quelque chose me quitte et je me rends compte avec surprise que c'est ma virginité. Elle m'a été prise comme par procuration. Septembre est en train de faire l'amour, et parce que, avec nous, une signifie deux, je suis en train de faire l'amour aussi. Je ferme les yeux et j'enfonce mes poings dans le sable.

DEUXIÈME PARTIE

Settle House

Au début, il n'y avait que de la terre là où la maison se dresserait un jour. Des arbres capables de supporter les vents marins, un sol humide et salé qui grouillait de vie. Des moutons qui paissaient, se reproduisaient, mouraient sur les collines et venaient s'ajouter à la terre. Des abris, cabanes de bergers, huttes de pêcheurs, roulottes de gens du voyage, la puanteur du cabillaud, du bar, du labre et du merlan qui séchaient à l'air libre. Les taupes accrochées aux clôtures en guise d'exemple. Des pièges à lapin aux crocs acérés. Des baleines en décomposition échouées sur les galets. Les gens faisaient ce qu'ils avaient toujours fait, ils vivaient, vivaient, vivaient, saignaient, puis tout était fini.

La Settle House est en cours de construction, quoiqu'elle n'ait pas encore de nom. Autour d'elle, tout s'agite, aboie, court. Les habitants du village la regardent s'élever, sa charpente hésitante manque de s'écrouler, finit par tenir tant bien que mal. Cette terre sablonneuse engloutit les bâtiments comme ceux-là. Mais finalement elle tient, on peut y pénétrer et ressortir par sa porte.

Peter, le père de Septembre et de Juillet, y est conçu. Les murs frissonnent mais ne se détournent pas. Tout va très vite. Dans le ventre obscur, quelque chose prend vie, une toute petite chose, qu'il serait si simple d'anéantir. Les parents de Peter plient bagage et retournent au Danemark. La maison est vide. Les souris se reproduisent comme des lapins sous son plancher, les oiseaux font leur nid et s'accouplent sous le toit, un blaireau creuse un terrier près du mur du jardin puis le délaisse pour un endroit plus agréable. La maison est occupée le temps des vacances – sandwichs avec plus de sable que de pain, incursions glaciales dans une mer maussade. Peter reçoit une paire de jumelles pour son anniversaire et il observe les oiseaux depuis la fenêtre, ces files indiennes qu'ils forment dans le ciel. Ursa est à son tour conçue dans cette maison. Peter se dit : Je ne veux pas de petite sœur. Les gens du coin se disent : Ils vont vendre et partir. Il y a des fuites, des gouttières bouchées, des portes qui grincent. Parfois, Peter emmène le bébé à la plage et le pose sur le sable, puis attend que la marée monte.

Le temps se brouille, il s'égare. Tout vit et meurt au même instant. La maison tient depuis près de cinquante ans et pourtant ses fondations viennent d'être posées, la lande nue est à peine cultivable. Il y a des baleines sur la plage.

Peter se dit : Combien se vendrait ce trou à rats ?

Ursa se dit : Je ne reviendrai jamais ici.

Sheela se dit : Je ne reviendrai jamais ici.

Septembre se dit : J'aimerais que Juillet…

Juillet se dit : Je n'ai pas envie de…

Il y a des cocons de papillons de nuit et des araignées dans leurs petits sacs d'hiver. Des os de rongeurs dans les fondations. Des orties dans le jardin, dont les racines forment des labyrinthes sous terre. En se bagarrant avec son frère, Ursa perd un ongle contre le plan de travail, elle a les dents tachées de sang. Sheela rêve de ses futurs enfants dans cette maison, elle les imagine comme de petites taches de crayon noir sur les murs. Quand la maison est vide, ce qui est souvent le cas, les villageois viennent parfois briser une vitre pour boire un coup dans ce salon au plafond bas, ils jettent leurs canettes de bière dans la cheminée, conçoivent leurs propres enfants dans les lits, laissent des traces de pied très haut sur les murs. Le petit Peter surveille la mer avec ses jumelles en quête de navires en train de sombrer. Sheela accouche dans une chambre silencieuse, la maison immobile autour d'elle, aussi observatrice qu'un enfant. Sheela et Peter font l'amour dans la baignoire, l'eau qui éclabousse le sol, les doigts de Sheela à un angle de quatre-vingt-dix degrés dans la bouche de Peter. Les parents d'Ursa et de Peter font l'amour dans la chambre, l'édredon sur la tête, ce qui teinte la lumière de rouge. Sheela et Peter se disputent dans la cuisine, un verre heurte un mur et se brise, ils ont les yeux fermés, le verre est saisi à l'instant avant qu'il ne se casse. Sheela le tient à la main, le porte à ses lèvres. La maison s'efforce de voir jusqu'à la plage où Septembre et Juillet sont dans l'eau jusqu'à la taille, le visage en feu.

Sheela

1

Elle a toujours su que les maisons étaient des corps et, de bien des façons, son corps lui aussi est une maison. Elle y avait tout de même abrité ces deux splendides filles, ainsi que, depuis toujours, la dépression, cet enfant plus petit mais plus pesant, de même que l'excitation, l'amour, le désespoir et, à la Settle House, une inquiétude troublante qu'elle a du mal à chasser, un épuisement qui étouffe les jours en elle.

Il y a tant de bruits différents qu'elle ne parvient pas à dormir. La nuit, surtout, des bruits sourds, des bruits qui résonnent, le son de tant de pas, des fenêtres qui claquent, des explosions comme des cris. Parfois, elle sort en courant, encore à moitié endormie, mais il n'y a personne. Parfois, éveillée dans les ténèbres, elle pense que, plus que toute autre, cette maison est un corps. Elle se souvient d'avoir éprouvé ça quand elle avait Septembre en elle – une grossesse inélégante, avait fait remarquer Peter en désignant dans la rue d'autres femmes enceintes qui, de dos, ne le paraissaient pas du tout, contrairement à elle –, attentive à chaque petit changement. La température et les odeurs de la maison, la façon dont l'air semblait envahir les pièces. Elle était enceinte de huit mois, peut-être plus, quand ils étaient venus habiter là. Elle avait de fréquentes bouffées de chaleur, chaque jour elle aimait et détestait certains mets et, sans raison, tout à coup, ne supportait plus d'être dans une pièce. À la naissance de Septembre, avec quelques jours de retard, elle avait eu la conviction que la maison était, tout comme elle, mouvante et changeante, étrange dans sa chair, capable d'enfler pour ensuite se déverser hors de ses murs, parfois si chaude que la sueur s'accumulait jusque dans ses yeux.

Elle n'avait aucun contact avec la famille de Peter à part Ursa, et encore rarement. Chaque année, des cartes d'anniversaire arrivaient pour les filles. Elles déjeunaient parfois toutes les deux dans un pub sinistre de bord de route entre leurs domiciles respectifs, mais ça n'avait rien à voir avec de l'amour, ce n'était que nécessité familiale. Sheela savait qu'Ursa, même si ses bonnes manières et son côté policé ne lui permettraient jamais de l'exprimer, la jugeait en partie responsable de la mort de Peter, pour s'en être allée avec les enfants toutes petites, pour ne pas avoir tenu le coup. Dans les trois années avant la naissance des filles, ils avaient parfois passé des vacances ensemble dans des locations bon marché au pays de Galles ou en Écosse. Peter partait se promener avec ses jumelles et les deux femmes s'installaient à la table de jardin. Parfois, Ursa lui racontait leur enfance, ces petites violences qui caractérisaient leur relation. Pourtant, au retour de Peter, Ursa se précipitait pour lui préparer un repas et lui offrir des cadeaux, elle cherchait son approbation d'une façon que, avec inquiétude, Sheela se voyait peu à peu imiter. Peter était un trou noir : une fois pris dans sa force gravitationnelle, on ne tenait pas longtemps. Ils avaient vécu cinq ans ensemble avant qu'elle le quitte et chaque année, surtout après la naissance des filles, elle se disait : Cette fois-ci, je pars.

Un an après sa mort, il y avait eu un appel téléphonique de nuit, la voix d'Ursa pleine de trémolos au milieu des grésillements. Je n'ai pas pu te le dire avant, je suis désolée, mais il est mort, voilà. Sheela ne lui avait pas reproché d'avoir attendu si longtemps. Elle comprenait ce que c'était d'aimer et de haïr Peter en même temps.

Après ce qui s'était passé au lycée, Sheela avait appelé Ursa. Elle possédait toujours la petite maison du Yorkshire où Sheela avait accouché de Septembre et où elle avait passé ces mois terribles avec les filles plus petites. Quand Sheela avait expliqué ce dont elle avait besoin, Ursa avait accepté sans hésitation et donné congé à ses locataires.

Des pas dans la nuit, des portes grandes ouvertes qu'elle était pourtant certaine d'avoir fermées, la bouilloire allumée alors qu'elle l'avait éteinte, Internet si lent qu'elle parvenait à peine à envoyer un mail. Elle se rebellait contre elle-même, elle refusait sa vie pourtant pleine de sens, et la maison faisait de même – elle s'éteignait comme un vieil ordinateur.

Un soir, le bruit d'un corps qui chute. Ses pieds qui se prennent dans la ceinture de sa robe de chambre et manquent de la faire tomber, elle saisit le verre sur la table de nuit au cas où elle aurait besoin d'une arme. Elle scrute le pied de l'escalier. Il y a de la lumière dans le salon. Elle chancelle dans la pénombre, elle inspecte tout. Il n'y a rien, personne n'est venu les assassiner. L'air paraît chiffonné comme après le passage d'un train et elle est certaine que c'est Peter. De retour, ou ici depuis toujours. Puis la pièce semble se relâcher, elle se rappelle qu'elle est fatiguée, qu'elle pleure quelque chose. Elle éteint la lumière, remonte les marches et s'affale sur son lit.

Quand elles étaient toutes petites. Ses deux filles. Nées à si peu de temps d'intervalle. Les premiers jours après la naissance de Juillet, lorsque Septembre n'avait pas encore tout à fait un an et que leur père avait disparu depuis près d'une semaine. Cette chambre à Oxford qu'elles occupaient, surtout le lit, l'odeur du lait en provenance de ses seins et les vieilles tasses de tisane, les livres d'images qu'elle lisait à Septembre, Juillet au creux de son bras. Elle n'avait jamais eu autant de mains sur elle, et il lui semblait que sa peau allait s'user comme un tissu très fin. Son amour pour elles, c'était comme porter des courses jusqu'au sommet d'une colline. Parfois, elle se persuadait que ses filles voulaient creuser jusqu'à ses fondations et briser les briques de son corps pour s'y blottir à nouveau.

Avant ça, à la Settle House, Septembre à peine née et Peter comme un navire qui se consume dans la nuit, ses voiles livrées au feu, sur le point d'entraîner les autres embarcations dans sa perte. Il a les doigts autour des poignets de Sheela, il s'exprime dans cette langue qu'elle ne comprend pas mais qu'il utilise quand même. Elle lui avait déjà dit qu'il devait partir, mais cette fois elle l'avait fait avec des coups de poing au visage. Après son départ, elle avait caché la clef au fond du tiroir, sous le matelas ou dans la poche de son pyjama. Elle était parfois réveillée par ses tentatives d'intrusion, il ne criait pas mais tournait autour de la maison à la recherche d'une porte ou d'une fenêtre ouverte. Plus tard, quand il tenterait de s'introduire chez elles à Oxford, elle se coucherait sur le seuil de la chambre des filles comme une louve, d'où elle les écouterait faire le même rêve et parler dans leur sommeil. De quoi aurait-elle rêvé si elle avait pu ? Des jours où elle l'aimait, de la forme de ses mains, de la pression en elle de ses deux filles dont elle s'était parfois demandé si elle avait bien fait de les mettre au monde. Au bout du compte, l'amour ne suffisait pas, en tout cas pas ce genre d'amour.

Avant la naissance de Juillet, quand elle promenait Septembre en poussette dans les jardins de l'université, sa toute petite fille posait la tête contre son ventre rond en faisant des bruits légers.

Quoi ? Qu'est-ce que tu racontes ?

Septembre souriait en tapotant sa mère.

Oui, c'est ta sœur.

Et la petite faisait un sourire édenté.

Elle n'aurait jamais imaginé ce qu'elles allaient devenir. Ces robes blanches qu'elles la suppliaient de leur acheter à la boutique d'occasion, leurs genoux boueux, leurs visages collés l'un à l'autre. Elles avaient toujours l'air en train de se révéler de grands secrets, de partager une vérité qu'elles seules détenaient. Leurs regards quand Sheela les croisait, ce brusque silence lourd de sens qu'elle ne parvenait pas à pénétrer. Ses mots qui paraissaient d'une telle banalité quand elle tentait de les amadouer. Ses propres filles. Ce que leurs enseignants disaient d'elles : à l'écart, imperméables, soudées, immatures, capables d'élans de cruauté. La tête de Septembre et de Juillet quand leur mère les disputait, ces regards qu'elles échangeaient. Elles avaient voulu jeter le hamster d'un camarade dans les toilettes, annoncé à un autre que ses parents allaient divorcer, à un troisième que le père Noël n'existait pas.

Leur rapport à la nourriture. Septembre avait toujours été difficile, elle refusait de manger tout ce qui était vert, rouge ou jaune, elle devinait si Sheela avait mélangé ou écrasé des légumes dans le plat et hurlait jusqu'à ce qu'on lui retire son assiette. Au contraire, Juillet était vorace, elle adorait mâchonner des bâtons de carotte ou des grains de raisin et s'en mettait partout sur le visage, puis exhibait un sourire collant. Elle surprenait parfois Septembre en train de murmurer quelque chose à la petite Juillet ou de lui retirer son assiette de légumes. Juillet avait elle aussi fini par rejeter la nourriture. Quand Septembre avait cinq ans et Juillet un an de moins, elles étaient devenues étrangement sélectives, sans logique ni ordre apparents. Une semaine, elles ne mangeaient que des crêpes, la suivante, que des mandarines ou des pommes pelées en quartiers. Lors d'une semaine particulièrement difficile, Sheela avait dû se battre pour leur faire avaler autre chose que des bonbons gélifiés. Le médecin disait qu'elles étaient têtues mais que, si l'une cédait, l'autre suivrait, et Sheela partageait cet avis. Cette offensive avait davantage affecté Juillet que sa sœur, la rendant soupçonneuse de tout ce qui n'était pas fait maison, son teint était devenu très blanc et elle s'était mise à perdre ses cheveux. Septembre commandait, mais c'était Juillet qui souffrait. Plus tard, ça s'était arrangé, même si elles ne mangeaient presque que des sandwichs au fromage auxquels parfois, mais rarement, elles ajoutaient de l'oignon ou de la mayonnaise. Elles retiraient toujours la croûte de façon à engloutir plus facilement les triangles de pain.

Elles faisaient si jeunes. À dix et onze ans, on ne leur en donnait pas plus de six, leur langage d'enfant formait comme des boucles semblables à ces rubans qu'elles voulaient absolument que leur mère tresse dans leurs cheveux. Adolescentes, le fossé s'était encore creusé avec leurs camarades. Intelligentes mais chétives, naïves, soucieuses de ne pas grandir. Sheela se demandait souvent si elles se retenaient l'une l'autre dans l'enfance, si elles s'y accrochaient avec leurs bras toujours entrelacés.

Halloween, l'année des treize ans de Septembre. Tout à coup, elles avaient de longues jambes qui partaient dans tous les sens et des bouches encombrées de dents. Elles découpaient une citrouille à la table de la cuisine. Chaque semaine ou presque, Sheela dînait en tête à tête avec l'une d'elles, qu'elle emmenait manger des nouilles chinoises ou voir un film. Ça mettait Septembre hors d'elle, souvent elle refusait de parler et repoussait son plat. Mais selon Sheela, ça donnait à Juillet une chance de parler du collège ou des livres qu'elle lisait sans que la voix de Septembre recouvre la sienne. Elles n'avaient jamais fêté Halloween auparavant, mais s'étaient mises à adorer les films d'horreur et préparaient cette soirée depuis des mois. La maison était envahie par les fausses toiles d'araignées et les seaux de globes oculaires visqueux. Sheela avait trébuché sur un balai de sorcière en plastique dans le couloir. Dans la cuisine avec leur chapeau noir et pointu sur la tête, elles faisaient gicler de la citrouille sur les murs.

Je pourrais peut-être vous accompagner, proposa-t-elle à six heures et demie alors qu'elles déposaient des bougies dans la citrouille et enfilaient leur déguisement.

Tu pourrais peut-être ne pas nous accompagner, rétorqua Septembre.

Juillet prit un air peiné. Sheela regretta d'avoir dit ça. Elle aurait dû s'en douter. Mais la veille au soir, Septembre était arrivée par-derrière pour passer les bras autour de sa taille en la serrant comme jamais depuis ses cinq ans. Mue par l'espoir, Sheela avait cru qu'elle pourrait peut-être franchir l'une de leurs barricades soigneusement édifiées.

Il faut que quelqu'un reste à la maison pour offrir des bonbons, dit Juillet, toujours désireuse d'apaiser les choses.

À sept heures du soir, les deux filles partirent en quête de friandises, et Sheela décida de les suivre à bonne distance. Elle se cachait derrière les haies et les regardait approcher des maisons, la tête de

Juillet inclinée vers celle de Septembre. Elles avaient décidé de se déguiser comme les petites jumelles dans *Shining*, saupoudré leur visage de farine et fait boucler leurs cheveux. Pourtant, elles ne seraient jamais semblables. Juillet avait tout pris de sa mère et Septembre de son père, même s'il y avait quelque chose dans leurs gestes qui posait question – des sosies grossiers mais capables de tourner la tête en même temps. Les enfants étaient peu nombreux dehors, et Sheela observait les tactiques de Juillet et de Septembre, qui vérifiaient le seau des plus petits pour décider si ça valait le coup d'aller sonner à une porte. Il faisait de plus en plus noir, si bien qu'elle s'était rapprochée et ainsi pouvait parfois entendre ce qu'elles se disaient, de même que le bruit des bonbons dans le saladier en métal de Juillet. Elle avait terriblement envie d'apparaître dans le halo des réverbères et de les rejoindre, mais elle restait à l'écart, s'arrêtant quand elles sonnaient puis ressortaient d'une maison avec des commentaires joyeux sur leur butin. Tandis qu'elles remontaient une longue allée, Sheela s'adossa à un mur et tourna un instant la tête vers quelques vélos enchaînés et un bus bruyant. Quand elle balaya la maison du regard, elles avaient disparu. Elle se mit à courir, retrouva le saladier au pied d'un réverbère, paniqua, demanda à tous les passants s'ils les avaient vues, songeait déjà à appeler la police. Elle rentra chez elle au pas de course, où elle inspecta chaque pièce en les appelant. Et découvrit Septembre sur le seuil, seule, démaquillée.

Juillet a disparu, pensa-t-elle. Je n'aurais jamais dû détourner les yeux. Je savais que ça allait arriver.

Où…, commença-t-elle à dire, et Juillet apparut, tout sourires, en annonçant qu'elles avaient perdu tous leurs bonbons mais que ça n'était pas grave.

Pas grave, dit-elle en tendant la main. Pas grave pour elles.

Ensuite – même si elle s'en voulut de cette idée –, elle se demanda si Septembre n'avait pas tout manigancé. Cette enfant à la fois difficile et merveilleuse qui la tourmentait depuis sa naissance, refusait de manger, boudait son sein, détestait chaque jouet qu'on lui achetait, savait toujours comment la contrarier. Se doutait-elle que leur mère les suivait, aurait-elle tout organisé pour que Sheela trouve le saladier rempli de bonbons, voie Septembre apparaître et croie qu'il était arrivé quelque chose à Juillet ?

Septembre avait toujours eu un contrôle absolu sur sa sœur. La façon dont Septembre se comportait avec Juillet lui rappelait parfois Peter : contrôler l'amour de façon à garder un avantage tactique dissimulé sous des plis soyeux d'attention. Mais ce n'était pas pareil, se serinait-elle. Non, Septembre n'était pas comme cet homme. Parfois, quand même, elle se posait la question.

Il y a eu des moments, des âges particuliers, où le lien entre les deux sœurs semblait se distendre et alors elles s'apaisaient – un peu moins de dureté chez Septembre, un peu moins d'anxiété maniaque chez Juillet. Sheela pensait que c'étaient peut-être les moments où leur faible écart d'âge se faisait sentir. Le jour où Septembre avait perdu sa première dent, et pas Juillet ; où Septembre avait eu ses règles, lorsque Juillet avait dû attendre quelques mois supplémentaires ; ces mots que Septembre prononçait avant que Juillet ne se mette à parler. C'étaient les périodes préférées de Sheela. Elle s'en voulait, mais elle aimait les moments où ses filles étaient moins soudées, où elles lui laissaient un peu de place. Juillet venait discuter avec elle dans la cuisine après le dîner, Septembre lisait parfois ses livres d'images pendant qu'elle travaillait, ce qui lui donnait des idées. Elle avait bien songé à les inscrire dans deux établissements scolaires distincts, à instaurer de nouvelles règles, à leur faire faire une thérapie, mais elle ne s'y résolvait jamais. Leur bonheur fier quand elles étaient toutes les deux, cette protection qui les enveloppait comme du coton. À les voir, Sheela regrettait tellement de n'avoir eu ni frère ni sœur.

Elles étaient toutes petites quand elle avait commencé à les dessiner. Elle avait déjà réalisé deux albums pour enfant, mais rien de très intéressant. Cinq jours par semaine, parfois six, elle tenait la caisse à la librairie Blackwell, et à ses heures de liberté tentait de trouver l'inspiration pour un livre qui lui permettrait de démissionner. Elle écrivait dans son lit parce qu'elle n'avait pas de bureau et cachait les croquis qu'elle jugeait mauvais sous son matelas.

Les filles jouaient au rez-de-chaussée et ne faisaient pas de bruit depuis un long moment. Alors elle glissa les pieds dans ses chaussons et descendit. Elles avaient fabriqué une cabane avec les coussins du canapé et des manteaux posés sur des chaises. Juillet était à l'intérieur, elle murmurait une sorte d'incantation, et Septembre sur le canapé, les bras levés.

J'ai une torche, hurla-t-elle à Sheela quand celle-ci entra. Et ça, c'est une corde, tu vois ?

Je vois, répondit-elle.

Elle remonta dans sa chambre et les dessina. Le canapé devint une falaise, le fort, une grotte, et elle se mit à appréhender et à comprendre ses filles par le biais du dessin.

À quinze et seize ans, elles étaient plus proches que jamais. Septembre répondait à la place de sa sœur, elles partageaient la même assiette, leur repas soigneusement divisé en deux, dormaient la tête posée sur le même oreiller. Sheela craignait que ça ne s'aggrave et que ça ne finisse par déborder, que la colère de Septembre emporte tout le reste. Mais c'était inévitable, n'est-ce pas ? Ça avait monté, monté, jusqu'à ce que ça déborde. Le téléphone qui avait retenti dans le jour mourant, elle qui avait manqué de tomber sur la dernière marche pour décrocher à temps, la légère hésitation quand elle avait saisi le combiné, cette bouffée d'air qu'on aspire avant de parler.

2

À leur premier séjour dans la maison, Septembre avait tout juste onze ans et Juillet dix. L'année précédente, Septembre avait imposé, malgré les protestations de Sheela, la fusion de leurs anniversaires. Le 5 septembre était donc devenu la journée des deux sœurs, avec deux gâteaux, le double de cadeaux et des rubans dans leurs cheveux.

Cette année-là, elle était incapable d'écrire. Elle luttait rien que pour sortir du lit. Les médicaments prescrits par le médecin lui donnaient l'impression d'être immergée dans un marais jusqu'à la taille. Grâce à ça, elle avait cessé de vouloir s'en prendre à elle-même, mais elle avait également cessé de désirer quoi que ce soit. Alors elle interrompit le traitement, annula ses rendez-vous chez le psy, appela Ursa pour s'assurer que la maison était libre et mit leurs affaires dans la voiture. Pendant toute la première partie du trajet, Septembre donna des coups de pied dans le siège de la voiture en exigeant telle ou telle station de radio. Pour Sheela, cette maison représentait le soulagement, l'éloignement de tout, ses murs blancs étaient source de calme, sa chambre à la fois accueillante et indulgente. Elle ne pouvait plus avoir confiance dans sa propre chair, alors la maison les entourerait et les protégerait d'une façon qu'elle ne parvenait plus à faire elle-même.

Les premiers jours se passèrent bien. Elle était contente d'être là. Le temps était splendide, elles restaient le plus possible dehors, couchées sur des couvertures sur la plage ou dans la mer, se nourrissaient de sandwichs. La mer était froide et le soleil chaud, elle sentait la brûlure de ses rayons et la douleur quand Septembre lui tirait les cheveux. Elle fut triste de découvrir un phoque mort et rit quand Juillet manqua de tomber tête la première dans une piscine naturelle au milieu des rochers. Juillet s'endormait roulée en boule, la tête sur ses genoux. Septembre lui décrivait les oiseaux qu'elle voyait en mer.

Puis il y eut une tempête : réveillée par la pluie, prisonnière de la maison. Son visage dans le miroir de la salle de bains comme un double ayant revêtu sa peau. La voix des filles à ses oreilles, les mots qu'elles prononçaient, tout ça lui faisait mal. Les murs si proches qui l'oppressaient.

Un terrible vendredi. Elle avait regardé sur le calendrier ce jour où rien n'allait. Quand elle cassa une tasse dans la cuisine, le désespoir emplit chacun de ses plis et replis. Elle connaissait l'impression d'être soulagée, ennuyée, énervée, excitée et fatiguée à cause d'une longue et belle journée, mais là, elle ne ressentait que de la terreur. T-E-R-R-E-U-R. Ce mot s'épela derrière ses yeux. Un bruit quelque part dans la maison, comme un claquement, puis une exclamation vive et brève aussitôt étouffée. Elle avait délaissé les éclats de verre pour courir vers elles. Juillet avait le visage et les mains en sang. Ce rouge retentit comme un réveil dans le gris mortifère. Ses questions se heurtèrent aux lèvres et paupières closes de Septembre, au silence terrifié et contraint de Juillet. Qu'est-ce qui s'était passé ? Pourquoi ? Qu'est-ce qu'elles avaient fait ? La coupure était superficielle, le sang par trop dramatique. Elle avait mis un pansement à Juillet puis les avait conduites toutes deux dans leur chambre, leur avait donné à boire et les avait surveillées jusqu'à ce que les grognements de Septembre deviennent trop menaçants. Alors elle était partie se coucher en laissant sa porte ouverte et les avait écoutées s'agiter et rire comme si de rien n'était. Une sale journée. Une sale journée à vivre. Une journée insupportable. Elles étaient capables de jouer sans jamais penser à elle, sans même se rendre compte qu'elles étaient livrées à elles-mêmes. Elle enfila ses chaussures et son manteau à la porte, attrapa les clefs de la voiture au crochet sur le mur.

La voiture cala plusieurs fois dans la côte, mais elle ne se découragea pas et mit les essuie-glace. Elle se souvenait d'un pub où elle était allée avec Peter bien des années plus tôt. Elle prit cette direction sans y penser.

Le parking était rempli. Elle laissa sa voiture sur le bas-côté.

Il y avait beaucoup de monde dans le pub mais elle ne s'autorisa pas la moindre hésitation. Un groupe jouait – des types d'une cinquantaine d'années qui interprétaient des tubes –, il y avait plusieurs familles ainsi que deux tables d'adolescents qui buvaient de l'alcool. Elle commanda une bière et trouva un coin calme. Elle descendit trois pintes coup sur coup. Tout autour, d'autres buvaient comme elle : avec détermination. Des chiens aboyaient et se battaient en plein milieu de la salle, rejoignaient leur maître en courant puis se jetaient à nouveau dans la mêlée. Des enfants les coursaient en criant, se faisaient mordre et riaient comme des petits fous. Elle commanda des frites, qu'elle mangea avec du ketchup. Le groupe se mit à jouer des morceaux plus rapides. Les conversations s'entrechoquaient et se perdaient. Quelqu'un heurta sa chaise et renversa la moitié de sa pinte. Comme le coupable proposait de lui en payer une autre avec un sourire contrit, elle l'observa. Elle sentait la terreur au fond de son ventre et de son cœur ; et c'était comme si ça cédait. Il avait des mains abîmées et un petit ventre de buveur de bière, il perdait ses cheveux, mais il avait aussi de grosses lèvres sensuelles. Il lui posa des questions, et elle lui dit tout ce qu'il voulait savoir. Elle sentait l'épuisement dans ses mots, dans le goût de la bière, les vêtements qu'elle portait, les enfants qu'elle avait laissés à la maison. Il posa une main sur son bras.

Une autre ?

Pas ici, répondit-elle.

Ils prirent chacun sa voiture. Les phares du type l'éblouissaient sur cette route bosselée. Elle toussa et descendit la vitre pour que l'air froid lui procure un peu de lucidité. Ils se garèrent devant la maison. Elle posa un doigt sur ses lèvres, et ils montèrent l'escalier sur la pointe des pieds comme des adolescents en frôlant les murs et en posant la main sur la bouche l'un de l'autre pour s'empêcher de parler. Elle s'arrêta devant la porte des filles et tendit l'oreille. Il n'y avait pas de bruit. Elles dormaient.

Dans la chambre, ils cherchèrent comment s'emboîter et que faire de leur ivresse. Il se pouvait que lui non plus n'ait touché personne depuis longtemps. Elle sentait son désir malgré la distance engendrée par la tristesse. Dans sa tête résonnait une chanson dont certains mots produisaient des explosions presque insupportables. Elle pensait à des choses peu excitantes : des rendez-vous médicaux, son accouchement dans cette même chambre, le reflet du gyrophare de l'ambulance sur les murs, couper des courgettes, l'odeur du linge qu'on a oublié d'étendre.

Il voulut lui sucer les seins mais ils étaient tellement sensibles que ça lui faisait mal, alors elle l'encouragea à aller plus bas. Il ne rechigna pas, et elle regarda ce crâne qu'elle ne connaissait pas chercher son clitoris au-dessus de sa vulve. Il finit par le trouver, et en un instant elle se sentit au bord de l'orgasme. À la fois délicieux et terrible, il la submergea. Puis, n'ayant pas envie d'être pénétrée, elle resta couchée sur le dos et il lui caressa les tétons tandis qu'elle faisait aller et venir sa main sur son pénis jusqu'à voir ses yeux s'exorbiter. Pendant qu'il jouissait, elle crut entendre un bruit. Elle lui dit de partir, le regarda enfiler ses vêtements et disparaître.

Le lendemain matin, tout était comme si de rien n'était. Les filles jouaient dans le jardin à se suspendre au fil à linge. Elle ouvrit les bras et Juillet se précipita vers elle, les cheveux au vent, jusqu'à la heurter violemment. Elle la serra très fort. Par-dessus l'épaule de sa cadette, elle vit Septembre les observer avec attention, un pied qui s'enfonçait dans la boue. Sheela ferma les yeux pour chasser cette vision.

Juillet

1

Le jour qui suit le soir d'avant, Septembre m'appelle et m'écrase du paracétamol, mélange la poudre dans du lait, ouvre une boîte de pêches au sirop et me fait couler un bain.

Je ne sais même plus comment on est rentrées, je dis en tirant sur ma robe.

Du sable tombe de la doublure sur le canapé.

Je t'ai portée. Tu pesais une tonne, me dit Septembre.

Dans la salle de bains, elle m'ôte ma robe par la tête. Le tissu a une odeur d'algues et de sang. Pendant qu'elle agite l'eau du bain, je découvre sur la doublure une trace couleur rouille. Je me souviens de ces mains sur moi et pas tout à fait en moi, sa bouche est là et pas là. Le sol de la salle de bains me fait mal aux genoux, le vomi dans les toilettes a la couleur du cidre et de la viande. Septembre écarte mes cheveux de mon visage et essuie la sueur sur mon front avec le dos de sa main.

Tu as des bleus, elle dit tout près de mon oreille.

Quoi ?

Elle tapote le haut de mon buste, et la douleur déclenche en moi une nouvelle nausée. J'ai la tête dix fois plus grosse qu'en temps normal. Quand je baisse les yeux, je les vois : larges, rougeâtres, récents. Elle en désigne un autre, je fais, Ouah, et je la repousse.

Des traces de doigts, je dis en scrutant cette forme à l'envers.

Elle me soulève par les aisselles et elle dit, Tu as dû te faire mal toute seule, espèce d'ivrogne. Allez, entre dans le bain.

L'eau est chaude et bonne. J'y plonge jusqu'à ce que seuls mon nez, ma bouche et mes oreilles dépassent. Septembre se perche sur le siège des toilettes et me fait des signes que je ne comprends pas. L'eau est teintée de sang, comme celle de la piscine en ce fameux jour, et je perçois une douleur profonde au creux de mon ventre.

Je le sens, je dis.

Qu'est-ce que tu racontes ? demande Septembre en se mordillant un ongle.

Je sens que c'est en train d'arriver.

Elle tend les jambes sur le siège des toilettes. Cool.

Ça m'arrive à moi aussi, je dis. Par ricochet. Comme si mes mains et ma bouche étaient pleines, puis la douleur. Tu le sens, toi aussi ?

L'espace d'un instant, elle paraît imperturbable.

Peut-être, elle dit.

C'est magique, je dis. On a perdu notre virginité ensemble. C'est magique.

Je me laisse glisser dans l'eau pour recouvrir mon visage et je tente de raviver le souvenir de cette langue dans ma bouche, de l'air froid sur mes jambes. Je me souviens aussi de comment il était proche, frôlait mon épaule avec la sienne, sa bouche contre ma joue. Il avait envie de moi. Était-ce possible ? Il a eu envie de moi, puis Septembre a relevé sa robe pour l'attirer à elle.

Tu as couché avec lui alors que tu savais qu'il me plaisait.

Je ne pensais pas avoir dit ces mots tout haut, mais elle se retourne d'un coup, la tête aussi pointue et menaçante qu'un reptile, les mains levées. Elle hausse les épaules.

De toute façon, tu l'aurais jamais fait. Je t'ai aidée.

Je regrette d'avoir parlé. Je rêve de pouvoir ravaler mes mots. Elle est en colère contre moi. Et je ne sais pas ce qu'elle va faire de cette colère.

Tu pourrais lui envoyer une photo par SMS, elle dit, et ces mots sont tellement méchants qu'ils me heurtent comme des pierres.

Ma migraine empire, elle presse sur le sommet de mon crâne. Septembre dit que ma peau est moite et elle va chercher ma couette à l'étage, m'enveloppe sur le canapé et m'apporte de l'eau chaude, que je bois à petites gorgées. Je n'arrête pas de penser à ce qui s'est passé sur la plage. Parfois, je revois la scène avec les yeux de Septembre, parfois, avec les miens, ma robe trempée, le crissement du sable. Je perds connaissance puis je reprends mes esprits, j'ai la bouche desséchée à cause de la plage, les paupières collées. Quand j'ouvre les yeux, je me rends compte que Septembre est au-dessus de moi, sa bouche pleine de dents et, dans les yeux, mon reflet sur le canapé.

Plus tard, je bois au robinet en faisant glouglouter l'eau. J'ai tiré ma couette derrière moi. Septembre n'est ni sur le canapé, ni dans la salle de bains, ni dans le garde-manger, ni dans la cuisine. Je la cherche à l'étage. Elle n'est pas dans notre chambre et pas non plus dans le cagibi.

Je mets la tête contre la porte de maman. Silence. Moi, je n'oserais jamais mais Septembre si, alors je le fais. Je pose la main sur la poignée que je tourne lentement, je pousse le battant et je me glisse dans la chambre. La pièce sent le renfermé, il y a des piles d'assiettes sales et de tasses tachées par terre, des verres partout. Maman est au lit sous une couette qui lui recouvre presque toute la tête, elle me tourne le dos. Je vois sa cage thoracique se soulever puis redescendre. Je l'imagine se lever la nuit pour éviter de nous croiser, se déplacer dans le noir, son visage las uniquement éclairé par l'ampoule du frigo.

Il y a un bureau dans un coin. Je m'approche, j'attrape le dossier posé sur la chaise, je regarde les croquis. Dans ses albums précédents, les dessins étaient colorés et ils montraient toujours la nature, des falaises ou des forêts, et nous deux en train de courir sur un mur ou de ramper dans une grotte sombre. Ces dessins-là sont très différents. Tous représentent la Settle House. Septembre endormie sur le canapé, devant la télévision ou en train de se tresser les cheveux ; sur un dessin, elle change l'ampoule dans le garde-manger. Les pièces ont l'air petites et obscures. Je soulève quelques planches. Septembre coupe des tranches dans un bloc de fromage sur le plan de travail. Transporte des cartons dans l'escalier, lit ou déplace les lettres magnétiques sur le frigo. Septembre jette un coup d'œil par la porte du garde-manger, descend l'échelle des lits superposés. Je les examine de plus près. Je ne figure sur aucun dessin. L'un d'eux glisse jusqu'au sol. Je le ramasse. Il représente la salle de bains, Septembre avec les cheveux mouillés et les genoux remontés jusqu'au menton dans la baignoire. Il est un peu différent. Je l'approche du rayon de lumière. Il y a un reflet argenté dans le miroir, l'ombre d'une main qui émerge de la surface plane.

Maman se rassied dans le lit. Je me fige. Elle se frotte les yeux avec les poings, elle a les cheveux décoiffés. Je me glisse en direction de la porte.

Septembre ? elle lance.

Je suis presque dehors. Si elle tournait la tête, elle me verrait. J'ai envie de m'approcher d'elle. Si elle m'appelait, j'irais. Elle est à moitié endormie, peut-être qu'elle rêve. Je pose la main sur la poignée et je referme derrière moi.

Quand je redescends, Septembre surgit du canapé, ses bras comme des branches, le visage large, les os qui prennent plus de place que dans mon souvenir. Elle me coupe du pain mais fronce le nez quand je lui en propose. Elle allume la télévision, qu'elle regarde tête à l'envers depuis le canapé. J'ai envie de lui dire, pour les dessins, mais je me tais. Dans les livres de maman, c'est toujours elle la plus sauvage. À dix ans, j'avais été kidnappée par le Minotaure mais Septembre m'avait sortie du labyrinthe. À douze ans, j'étais tombée dans un réservoir d'eau et Septembre avait dû trouver le moyen de m'en extraire avant qu'il soit totalement rempli. À quatorze ans, j'avais mal lu les instructions dans un vieux grimoire et Septembre avait dû empêcher l'anéantissement du monde. Mais je figurais toujours sur les dessins, quoique un peu rejetée sur les bords.

Elle a retrouvé les jumelles qu'elle porte autour du cou. Elle les approche de ses yeux pour examiner les lentilles.

On se casse, elle dit. Je m'ennuie. Et j'en ai marre de m'ennuyer.

On va où ? je demande en percevant la note plaintive dans ma voix.

Je sais pas. À la plage.

Elle a ce regard, alors je n'ose pas dire que je n'en ai pas envie. On enfile des bottes. L'air réchauffe nos visages nus après la fraîcheur de la maison. Le soleil a chassé les nuages, la terre se fend, l'herbe jaunit.

Septembre m'oblige à marcher vite. On se dirige vers la plage par le sentier qu'on a pris la veille dans la journée. Je m'attends à la voir : la cabane d'observation des oiseaux est juste devant nous, il y a de l'ombre sous ses pilotis, l'herbe atteint presque les fenêtres qui forment comme une bouche boudeuse.

Je m'entends protester, mais Septembre me presse la main. Je ne vois que cette cabane. Elle oblitère tout le reste. J'imagine ce que ça ferait d'être dedans, ces murs étouffants, l'humidité, le bruit de la pluie sur le toit, même s'il ne pleut pas.

Je croyais qu'on allait à la plage, je dis.

Fais pas ta rabat-joie.

L'ombre de la cabane s'abat sur nous. C'est comme si ma peau se rétrécissait dans mon dos et mon cou, entre mes doigts. Septembre passe un bras autour de ma taille et me fait approcher. Je traîne les pieds. Les marches sont vertes, car presque cachées par la végétation. On trébuche.

Allez, viens.

Sur la porte, une pancarte que je n'avais pas vue la veille : Interdiction d'entrer. La cabane s'écroule. J'ai une crampe à l'estomac. Septembre se glisse par la porte. Au sol, de vieilles canettes de Stella, des mégots de cigarettes, un emballage de préservatif. Une odeur de décomposition, de bois pourri, de racines et de plantes. Je mets les mains sur mes genoux. Les vertiges m'envahissent, puis battent en retraite. Septembre explore les lieux en donnant des coups de pied dans les canettes, puis elle m'attire sur un banc où elle me fait asseoir, retire les jumelles de mon cou, alors que je n'ai aucun souvenir de les avoir mises là, les porte à hauteur de mon visage et vise la bouche dans le flanc de la cabane.

Qu'est-ce que tu vois ?

Je ne réponds pas, et elle grogne. Elle s'empare des jumelles.

La marée est basse, elle dit, il y a quelques oiseaux sur la plage qui cherchent des vers ou des petits crabes. Une forme noire qui plonge dans l'eau, je crois qu'elle a pêché un poisson.

J'ai très froid. Septembre dit que mes lèvres sont bleues, elle met mes doigts dans sa bouche et aspire pour les réchauffer, mais ils ressortent encore plus froids. Il se passe quelque chose. La plage devient crayeuse. J'imagine notre père ici avec un thermos ou des sandwichs, qui y reste longtemps.

Le crépuscule donne au ciel un aspect épais et crémeux, un peu comme du café au lait. Cela crée un renouveau. Septembre lâche un petit jet d'air et se penche vers l'avant. L'espace autour de mes yeux me fait mal, des formes tremblantes et floues assombrissent l'air.

Il y a quelque chose, elle dit.

Elle porte les jumelles à mes yeux et me force à regarder.

De tout petits oiseaux constituent une immense volée qui s'élève dans le ciel, le fend, plonge et repart avant de disparaître dans les roseaux. Même depuis la cabane, j'entends leurs ailes qui bruissent. Une autre volée les rejoint, encore plus grande que la première, elle plonge vers les roseaux, puis une troisième prend le relais, bouillonne dans le ciel qui disparaît, crie, forme une sorte de bulle, s'échoue dans l'herbe puis décolle. Quelque chose de noir et monstrueux progresse entre les roseaux avec un bruit terrible. Je comprends qu'il s'agit des oiseaux, qui sont si proches les uns des autres qu'on dirait un animal qui écrase tout autour de lui pour se construire une couchette.

Je sens des larmes bouillantes couler sur mes joues. Je me lève. Je ne me retourne pas, même si je sais que Septembre est sur le seuil, qu'elle me regarde partir. Je glisse et je manque de tomber dans le sable. J'entends la pluie, même si le ciel est clair. Les étoiles forment une crête d'écume dans le ciel, la limite de la marée n'est pas loin, le toit de la maison dépasse de la dune telles des mains en prière. Je me sens attirée par Septembre qui m'appelle. Le bruit du sang qui ne s'est pas répandu bat en moi, la porte de la maison est comme un soulagement, le brusque silence quand je rentre.

Presque endormie, j'attends les signes du retour de Septembre. Je l'imagine se précipiter dans la nuit à travers les roseaux jusqu'aux vagues, cette créature à corps multiples qui creuse le sable avec ses milliers de têtes et d'ailes. Son poids sur le lit, la sensation de sa main qui caresse mes cheveux.

Dans la salle de bains, toujours ensommeillée, je sens mes règles qui arrivent. Je saisis un tampon, je m'y prends mal, je dois recommencer. Le sang sur le papier hygiénique est marron, il y a des caillots, mes côtes ressemblent aux plis d'un accordéon qu'un matin, au lycée, un camarade a joué lors du rassemblement. En tirant la chasse, j'aperçois sur mon bras gauche quelque chose de rond, de la taille d'une grosse pièce de monnaie. Je frotte, je lèche mon doigt et je recommence. Ça ne part pas. Ma peau est craquelée et blanche. Je la passe sous l'eau, mais rien ne change.

2

Maman dit qu'on est trop grandes pour jouer à cache-cache, mais ça nous est égal. Septembre est plus forte que moi à ce jeu. Je fais le décompte dans la cuisine en écoutant les bruits de ma sœur. Elle va et elle vient comme chaque fois pour que je ne puisse pas deviner par où elle est partie. Ce qu'elle préfère, c'est quand on joue dans la neige, où elle laisse ses empreintes, puis revient sur ses traces pour cacher sa réelle destination, dessine de fausses pistes avec ses mains, ou bien recouvre tout, si bien que je ne sais jamais où elle est passée. Je compte jusqu'à cent. Tant pis si elle n'est pas prête.

Je commence par les cachettes les plus évidentes. Derrière le canapé, dans l'angle de la cheminée, la baignoire, la bibliothèque sous l'escalier. Je ne la vois pas. Elle est trop forte pour s'en tenir à ça. Pas de trace non plus dans le garde-manger. L'ampoule est toujours hors d'usage, mais je reste à l'entrée, la porte ouverte, et je tends l'oreille en scrutant les étagères.

Je monte et je descends l'escalier plusieurs fois, histoire de l'agacer. Dans notre version du jeu, on a le droit de changer de cachette autant de fois qu'on veut, on peut donc se déplacer là où le chasseur est déjà passé. Elle adore les petits espaces qui ont l'air trop étroits pour elle – sous un lit ou un placard. Je m'approche de la chambre sur la pointe des pieds, j'entrouvre la porte presque sans bruit. Si on surprend l'autre, ça rapporte encore plus. Il y a un bruit de bouteille qui roule dans le couloir. Je me précipite en ouvrant grand les bras, mais elle n'est pas là. Il n'y a rien.

Ayant trahi ma position, je m'éloigne en tapant des pieds pour brouiller les pistes. Quelqu'un a rangé notre chambre. Puisque ça n'est ni Septembre ni moi, ça doit être maman. Les vêtements qu'on avait laissés partout avant la fête sont pliés par terre, collants et sous-vêtements au sommet de chaque pile pour composer une tenue complète, comme si quelqu'un venait de se déshabiller. La couette du lit en bas a été secouée, et elle a l'air très grosse. Je fais mine d'ouvrir le placard et je déplace bruyamment les cintres, puis, en trois bonds, je suis près du lit. J'agite les bras pour ne pas perdre l'équilibre.

J'ai l'impression de voir des pieds sortir de la couette. Je l'arrache, un *ah ah* triomphant au bord des lèvres, que je ravale aussitôt. Il n'y a rien. Je grimpe sur le lit du haut, personne non plus.

Je jette la couette par terre et je retourne dans le couloir. J'ai peur. Un instant, à peine un instant, j'imagine avoir le corps de Septembre. Je me cale entre les parois du couloir, je pose les mains sur mes hanches et j'écoute. Cette maison est bruyante. Elle craque et elle crisse – le chauffe-eau, de l'eau qui goutte quelque part, la ventilation de la salle de bains. J'ouvre la porte du cagibi, j'y entre tout doucement, je la referme puis je m'accroupis.

J'effleure par accident la paroi brûlante du chauffe-eau et je donne un coup de pied dans le mur face à moi. Qui cède sous mon talon. En réalité, ce n'est pas un mur. J'inspecte le trou et je découvre un espace entre les parois extérieure et intérieure de la maison, un passage où se glisser. La cachette idéale. Septembre est tellement intelligente. Plus jamais je n'aurai peur. Je saurai toujours où la trouver, et elle sera fière de moi.

Je me glisse dans le trou, je remets la planche en place derrière moi, je me redresse et je progresse, coudes serrés, en me retenant de tousser avec une main plaquée sur la bouche. Je vois grâce à la lumière en provenance du cagibi, à croire qu'elle traverse les murs. Je distingue des traces de pas toutes fraîches dans la poussière, chaque orteil bien dessiné. Une piste. Je pose mes pieds dans chaque empreinte, ils sont exactement de la même taille. Je tends l'oreille. Il se peut qu'il y ait quelque chose devant moi, après le coin, un souffle qu'on retient, un rire contenu. Je pense à combien je l'aime et je mets les mains sur ma bouche pour ne pas éclater de rire, j'accélère le rythme, j'efface les traces avec mes propres pas.

Juste après, je sens des choses par terre. Je me penche. Ce sont des cadavres desséchés de fourmis. Je les glisse dans ma poche. Des mouvements rapides qui se rapprochent, un bruit de tonnerre, je me raidis, ça me fond dessus. Je ferme les yeux, je tends les bras pour l'attraper, j'émets un sifflement de plus en plus aigu, comme elle le fait – un cri de victoire. Je n'ai pas peur, pas là. Mais il n'y a que du silence. J'ouvre les yeux. Personne. Je me contorsionne pour regarder juste après l'angle, rien. Il n'y a même plus – je m'en rends compte en baissant les yeux – de traces de pas dans la poussière. Terrorisée, je m'éloigne en titubant et en heurtant les parois, je me baisse pour franchir à nouveau le trou, tout en coudes et genoux, rien que Juillet, pas du tout de Septembre, effrontée, dure, avec son petit rire-courage.

Septembre est dans le couloir, les mains sur les hanches, elle m'observe. Je regarde ses pieds pour voir s'ils sont sales, mais ses chaussettes noires sont impeccables.

T'es vraiment nulle à ce jeu, elle dit. On va se regarder quelque chose ?

On s'affale sur le canapé. Je sens le souffle bouillant et un peu métallique de Septembre sur ma joue. Je palpe ses doigts et son épaule, je caresse sa tempe. Elle s'écarte puis se met à chantonner l'air de l'émission télévisée. C'est le documentaire animalier qu'on a regardé si souvent que je pourrais le décrire les yeux fermés. Je me raidis.

Comment tu as fait ça, derrière les murs ? je demande.

Hein ?

Tu m'écoutes ?

Elle acquiesce contre mon épaule.

Comment tu as fait pour ressortir si vite du mur ?

Elle relève la tête et m'observe, les yeux plissés, ses pupilles comme deux fentes.

Ressortir du mur ? Ne dis pas n'importe quoi, Juillet.

Tu sais très bien de quoi je parle. Dans le cagibi, la planche. C'est par ce trou que tu es passée.

Non.

Si. Je t'ai entendue. Puis tu as disparu. J'ai eu très peur.

Elle cligne des paupières. Dans la lueur de la télévision, sa peau a l'air d'un marais. Elle s'humidifie les lèvres avec sa langue. Je n'étais pas là, bête de Juillet. Tu m'as trouvée, tu ne t'en souviens pas ? J'étais dans le lit. Même si ça n'était pas une bonne cachette. Cette maison n'est pas bien pour jouer à ce jeu. La prochaine fois, on ira dans les dunes.

J'observe sans ciller son visage, et elle le mien. Je sens une dispute poindre, ce côté têtu en elle qui ne cède jamais. C'est toujours moi qui dois capituler. Contrairement à Septembre, je ne sais pas mentir. Quand on était petites, elle me faisait promettre de me taire, mais je finissais toujours par cracher le morceau. C'est toi qui as pris des pièces de monnaie dans le tas ? demandait maman. C'est toi qui as mis le feu à ce rouleau de papier-toilette ? C'est toi qui as enterré le bout du fil à linge ? Non, je répondais, mais dans l'instant mon cou se marbrait de taches rouges et je me mettais à bégayer. Un jour, un professeur m'avait prise à part pour me souffler, Dis-moi si Septembre te fait faire des choses que tu n'as pas envie de faire. J'avais répondu Non non non, mais sous ces non gisait un *peut-être* qui ne m'apparaît évident qu'à ce genre de moment.

Tu as raison, je m'en souviens, maintenant. Je me suis endormie, alors je ne me souviens plus très bien.

Elle me sourit et me retourne pour me tresser les cheveux au ras du crâne.

Septembre se met au lit, mais moi je n'arrive pas à dormir. La nuit, la maison change. Je n'allume pas, alors je heurte les murs, je me cogne à des meubles. J'en suis sûre, les objets ne sont pas à la même place que dans la journée. Mes yeux s'accoutument et je commence à distinguer des formes. Le canapé, la bibliothèque, la porte du garde-manger et de la cuisine.

Je bois quatre verres d'eau d'une traite. J'inspecte les poches des manteaux suspendus près de la porte et j'y trouve trois boutons, un peu d'argent, des mouchoirs en boule, des biscuits pour chien. Je les dispose par terre en cercles concentriques, puis j'entreprends de ranger le contenu du frigo du plus grand au plus petit. La lumière éclaire des pans de la pièce, le reste est sombre et flou. J'ai l'impression qu'il y a du mouvement dans les endroits que je ne distingue pas bien. J'ai mal aux yeux, je referme le frigo et je rampe par terre sur le dos, coudes repliés, comme les pattes d'un crabe. Je me plaque au mur, je lève les jambes et je reste comme ça jusqu'à ce que le sang revienne à ma tête.

Je passe dans la salle de bains. Maman a nettoyé en notre absence, il y flotte une odeur d'eau de Javel, même si les coins restent poussiéreux et que la base des robinets est incrustée de calcaire, la bonde de la baignoire cachée sous un amas rêche et filandreux. Je tire la chasse et je me mets devant le miroir, je m'observe. J'attends qu'il se passe quelque chose, et ça arrive lentement : je me mets à ressembler à Septembre. La forme de mon visage épouse la sienne, mes yeux se font plus clairs et plus petits, ils prennent son regard. Elle jette des coups d'œil depuis mon reflet comme un voleur qui s'est introduit dans un bâtiment. Dans le miroir, je constate que la marque sur mon bras grandit, elle s'étire maintenant du poignet jusqu'au pli du coude. Je porte Septembre comme on porte un manteau.

Je passe dans la cuisine, je fouille dans le tiroir. Le vent s'introduit par les coins de la fenêtre. Je trouve l'objet que je cherche, il est très pointu.

Je retourne dans la salle de bains. La marque est ridée, ma peau comme un vieux pansement. Je la mesure avec mon pouce. Je pointe le couteau et je me mets à creuser dans mon avant-bras. J'enlève d'abord un peu de peau. Un bourdonnement surgit à mes oreilles. Je retire ce qu'il y a en dessous, on dirait de la crème. Un gros pan se détache, une matière qui colle accrochée à une chair jaunâtre, pas belle à voir, qui sent mauvais, couverte de traits et d'endroits lisses, blanche par endroits, les poils reliés à la peau. D'abord, ça ne fait pas mal, puis la douleur arrive. J'entends des cris : Mais qu'est-ce que tu fais ? Septembre, qu'est-ce que…

3

Le matin, Septembre m'apporte de la peinture et des pinceaux en m'annonçant qu'on va repeindre le salon. Elle a l'air pleine d'énergie, transportée par cette idée. Elle met de la musique et elle danse en levant les bras et en agitant les hanches d'avant en arrière. Je danse, moi aussi, mais elle se moque en me disant qu'on dirait un vieux bonhomme qui fait la macarena, alors j'arrête.

Très bien, je dis, puisque c'est comme ça, je déplacerai les meubles toute seule. En fait, ça m'est égal.

Je traîne le canapé jusqu'au milieu du salon, j'écarte la télévision du mur, je pousse la bibliothèque vide. La peinture se craquelle et le plâtre s'émiette. On retire tout ce qu'on peut avec du décapant et une cuiller. Septembre me met un foulard sur la bouche et les yeux pour éviter que j'avale trop de poussière, mais je dois quand même souvent aller dans la salle de bains pour cracher des mucosités poudreuses. On a des pots de peinture de plein de couleurs étranges, dont aucune ne convient.

Maman n'aime pas le rouge, dit Septembre.

Et cette robe ?

Elle ne l'a portée que ce jour-là.

En tout cas, c'est sûr, elle n'aime pas le bleu.

T'en sais rien.

Si, je le sais.

Pour finir, on va chercher une casserole dans la cuisine et on mélange plusieurs peintures jusqu'à fabriquer du violet. On y arrive presque. On fait une pause, je mange un morceau de pain et de fromage que maman a dû oublier. J'essaie de faire avaler quelque chose à Septembre, je transforme ça en jeu, je fais voler le pain jusqu'à sa bouche, mais elle se contente de froncer le nez et me lance des regards noirs jusqu'à ce que j'arrête.

Dans la nuit, je me suis fabriqué un bandage au bras dont j'ai scotché les bords. J'attends que Septembre s'en aperçoive et me demande ce qui s'est passé, mais elle ne dit rien. Je vais dans la salle de bains, je fais semblant de faire pipi en ouvrant le robinet et j'inspecte mon corps à la recherche de traces, de boutons, de tout ce qui n'était pas là avant. Je détache un coin du bandage. Je m'attends à voir une croûte molle ou de la peau à vif, mais la marque n'a fait que grandir dans la nuit. Une peau épaisse se détache. Il y a une autre marque au sommet de ma cuisse, plus grosse que la première. Je baisse mon pantalon pour la presser entre mes doigts. Ma peau craque comme du papier sulfurisé, elle est couverte de petites bulles comme ce papier peint bizarre dans notre vieille maison à Oxford. Je presse encore, j'essaie de faire exploser ça comme si c'était une pustule, mais la marque résiste. J'entoure mes cuisses le plus bas possible avec mes mains, je suis sûre d'avoir rapetissé au cours de la nuit. Septembre m'appelle en ajoutant putain à chaque mot, je remets mon pantalon et je retourne dans le salon.

Allez, elle dit, on s'y met.

On charge nos pinceaux de peinture, qu'on étale sur les murs, on agite le bras en rythme de façon à couvrir la plus grande surface possible. On ne fait pas du très bon travail. Des bouts de plâtre collent aux pinceaux tout sales, la peinture comble les trous mais elle a un aspect irrégulier et rêche. On continue quand même. Trop tard pour revenir en arrière. J'ai une traînée de peinture en travers du visage, et je me sens ridicule. J'ai aussi de la peinture dans la bouche et le nez. Septembre se fait la même trace pour me consoler et passe le pinceau dans ses cheveux, puis en travers des paupières.

Je contemple les murs.

Elle va aimer, je dis.

Oui.

On se déplace dans la pièce. Peindre est plus dur que je ne le pensais, j'ai mal aux bras et les poumons en feu. En me reposant sur le canapé, je tache les coussins par mégarde. Septembre continue à étaler la peinture sur le mur, elle y met les doigts.

Le temps devient étrange, il va et il vient, il donne le tournis. Quand je relève la tête, je me rends compte qu'on n'a peint qu'une petite partie du mur. Puis je refais surface, et le mur est entièrement recouvert. Septembre ferme la porte de la salle de bains. Le temps s'écoule comme dans un sablier, et des heures, voire des jours, passent à regarder son visage qui rétrécit dans l'interstice jusqu'à disparaître. Quand je reprends mes esprits, Septembre se hâte d'atteindre l'autre bout du mur, son pinceau s'agite, la peinture sur mon visage a séché pour former une croûte douloureuse.

J'ai faim, je dis, et elle fait une pause pour me trouver un crumpet qu'elle grille avant d'étaler du beurre dessus.

Je le dévore en rêvant déjà du suivant.

On a fini la première couche et, sans attendre, on attaque la deuxième.

On aurait peut-être dû attendre que ça sèche, je dis alors qu'on a commencé depuis dix minutes, mais Septembre se contente de grogner, et elle continue.

Les pinceaux ont les poils tout collés. On continue sans s'arrêter et on termine avant la nuit. J'ai les muscles des bras tétanisés.

Quand je regarde autour de moi, les lumières sont allumées, mais Septembre n'est pas là. Mon ombre me suit, et on ne forme presque qu'un trait, comme si elle me tenait les pieds avec ses mains. Les murs sont violet foncé. J'ouvre la bouche pour appeler Septembre, puis je la referme. Inutile de crier, elle dit, je reviendrai quand je l'aurai décidé. La pièce a l'air plus petite qu'avant, elle s'est mise à ressembler à une grotte.

À côté de la fenêtre, il y a un endroit qui a l'air très humide, comme si le mur allait céder. Je l'effleure avec mon index. Le mur s'enfonce. Mon doigt le traverse jusqu'à atteindre un endroit très froid derrière. Je ressors le doigt. Il y a du bruit en provenance du mur, un frôlement, un murmure, des milliers d'ailes qui battent. Je pose l'oreille contre le trou et j'écoute. C'est le bruit des oiseaux quand ils s'abattent sur terre ou qu'ils progressent à travers les roseaux.

Ma tempe me démange. Je me donne une petite claque. C'est une fourmi. Je la regarde, puis je regarde le mur. Des quantités de fourmis s'en déversent, elles sont arrêtées par la peinture encore humide, dont elles cherchent à s'extraire. Les suivantes escaladent leurs congénères prisonnières, se servent de leur corps comme d'un pont. Elles sont bien trop nombreuses pour qu'on les compte. Elles surgissent toutes en même temps, et le trou aux bords mous s'agrandit sous la pression de leurs petits corps rigides. Un cri s'élève à l'intérieur du mur. Des ailes battent, un bec apparaît. Il brise le plâtre, son corps noir visible alors que ses ailes restent prisonnières. Je le touche, la chaleur de ses plumes qui vrombissent, son pouls inquiet et agité.

Les fourmis se jettent sur l'oiseau, s'introduisent en lui, creusent sous son duvet, j'ouvre la bouche et je hurle longtemps.

Il est très tard, il fait noir. Sans savoir comment je suis arrivée là, je suis dans mon lit, couchée sur le dos, Septembre à califourchon sur moi, son front presque collé au mien. Elle a les yeux fermés. Quand je remue, ses genoux serrent mes côtes. Ses mains se posent sur mon buste, les doigts écartés. J'ouvre la bouche pour crier, mais elle prend une grande bouffée d'air et aspire tous les mots que je m'apprêtais à dire.

Quel rêve, je pense, quel rêve, puis le matin est là. Je retourne à l'endroit où j'ai enfoncé le doigt dans le mur. Il est possible, je pense, que j'aie passé la nuit là. Il n'y a aucun trou. Je tâte le mur pour vérifier. La peinture a séché avec des gouttelettes et des coulures inélégantes, mais le mur tient bon.

4

Dans la Settle House, les nuits capricieuses murmurent, le sommeil fait comme des couvertures empilées sur mon crâne. Épuisement de ces longues, longues journées qui s'effilochent vers le soir. Me réveiller en toussant. M'arrêter sur le palier à l'étage pour reprendre mon souffle, avoir la nausée dès que je ne mange pas et engloutir, désespérée, tout ce qui me tombe sous la main. Deux semaines à la Settle House. Deux semaines dans cette maison où Septembre est née et où elle paraît enfin chez elle. Elle se fige en entendant des paroles que je ne perçois pas, disparaît sans un mot et réapparaît des heures plus tard, les yeux brillants, un sourire en coin. Parfois, une idée surgit de la fatigue, de la faim, à peine là, déjà presque submergée : il s'est passé quelque chose aux courts de tennis. Il s'est passé quelque chose que nous sommes incapables de nous rappeler.

La Settle House est lourde – de l'interminable tristesse de maman, de la colère changeante de Septembre, de mes échecs terribles face à ce qu'on attend de moi, des saisons, de la mort des petits animaux sur ces terres couvertes de buissons, de chaque mot d'amour ou de colère qu'on se dit.

Je n'ai aucun souvenir des courts de tennis, mais je me rappelle autre chose. On a dix et onze ans, on joue à Septembre a dit dans la Settle House plongée dans la pénombre. Il fait jour, mais on a tiré les rideaux et enveloppé les lampes avec nos gilets pour rendre la lumière bleue ou verte. Il y a une tache orange près de la fenêtre. Maman était descendue faire des pizzas, et l'odeur de pâte brûlée flotte encore. Septembre s'est disputée avec elle et, une fois de plus, maman a battu en retraite. Septembre plisse les yeux. Je cherche à la calmer.

Septembre a dit, Fais le robot.

Je déplace mon corps de façon mécanique, je pivote mon bras avec raideur dans sa cavité et Septembre applaudit.

Septembre a dit, Baise ta main.

Je passe les lèvres sur ma main, je me lèche les doigts, je porte ma bouche à ma paume jusqu'à ce que Septembre éclate de rire et que je ressente une bouffée de satisfaction.

Agite-toi, elle dit, et je me fige. Enflamme-toi. Je reste immobile. Casse-toi le bras. Je ne fais pas un geste. Hurle jusqu'à en perdre la vue. Je ne cligne même pas des yeux.

Septembre a dit, Danse le flamenco, et je parade en remuant les pieds, j'entortille mes bras, je fais tourner ma tresse à partir de ma tête.

Septembre a dit, Mange le pot de mayonnaise tout entier. Je gémis mais je sors le pot du frigo et je m'installe sur le canapé avec une petite cuiller. Septembre m'observe, elle m'aide parfois d'une ou deux cuillerées, elle m'encourage quand je flanche. J'ai mal au ventre mais je termine le pot, puis je le brandis au-dessus de ma tête tandis qu'elle pousse des cris de joie. On entend maman descendre l'escalier et se faufiler dans la salle de bains. Je colle une oreille au battant et j'attends de voir si elle remonte. Elle fait du bruit dans la cuisine.

Septembre a dit, Laisse ta main une minute entière sous le robinet d'eau chaude, elle dit derrière moi. Je me retourne pour voir si elle est sérieuse, mais elle est en train de s'examiner dans le miroir, elle tend la peau sur ses joues, elle étire son cou. Je tourne le robinet et je mets la main sous le filet d'eau en comptant à voix haute. Je la vois me surveiller. L'eau met du temps à chauffer mais, au bout d'une minute, elle brûle. J'ai la main très rouge. Septembre me suce les doigts, me tapote la tête et se hisse près de l'évier. J'essaie de trouver une bonne raison de mettre fin à ce jeu, de trouver une issue, mais elle est trop rapide pour moi.

Septembre a dit, Retiens ton souffle une minute, elle dit, et elle compte à ma place tandis que je gonfle les joues et que je ferme très fort les yeux.

Septembre a dit, Gifle-moi, elle dit, et je prends de l'élan pour ensuite déposer doucement la main sur son visage, sans bruit ou presque. Elle a l'air dégoûtée. Je viens de perdre une vie. Septembre a dit, GIFLE-MOI. Je prends à nouveau de l'élan et, cette fois, ma main claque sur sa joue, qui rougit aussitôt tandis qu'elle crie et glousse jusqu'à ce que j'éclate de rire, si bien que j'entends à peine ce qu'elle dit ensuite.

Quoi ?

Elle répète en me regardant fixement.

Septembre a dit, Entaille-toi là. Elle désigne la base de son cou. Septembre a dit, Tout de suite sinon tu as perdu. Septembre a dit, Dépêche-toi.

Je songe à ne pas obéir, mais je sais que je vais le faire. L'air est comme du béton. Maman fait du bruit en haut mais elle ne descendra pas assez vite. Ce jeu n'est jamais allé si loin, même s'il y avait eu des prémices : Septembre a dit, Avale cette petite pile, couche-toi en travers de la rue au feu rouge.

J'atteins avec peine l'armoire à pharmacie et j'en sors le paquet de rasoirs que maman utilise pour ses jambes. On voit encore ses poils sombres sur leur tête. J'en prends un, je le passe rapidement sur ma clavicule. Rien. Je recommence, cette fois de travers. La douleur est vive, je sens quelque chose de chaud et humide et j'émets un son qui doit aller jusqu'à la cuisine car, l'instant d'après, maman est là. Elle me voit, elle tend la main. Cette fois, je vais peut-être quand même tout lui dire, ça brisera quelque chose entre Septembre et moi, rien ne sera plus jamais pareil. Mais maman fait toute une histoire, elle pose dix questions à la minute, sort des pansements du placard et je ne lui dis rien de ce qui s'est passé. Septembre me tient, et je ne dis rien.

Les journées se tissent de sang, elles sont cousues avec une aiguille rouge : le sang dans la salle de bains ce jour-là, le sang sur la plage, le sang dans la piscine. Je pince la marque sur mon bras, je veux voir dessous, en vain. Il y a sur mon ventre un endroit qui a l'air tapissé de sucre glace. Je songe à le montrer à Septembre mais elle est de mauvaise humeur, elle tape du pied, elle déplace des meubles, elle change les aiguilles de l'horloge pour indiquer une heure fausse. Notre motivation et notre hâte à peindre la veille ont disparu. Je la suis partout, je lui marche sur les pieds, je manque de la faire tomber.

Ça suffit, elle siffle, laisse-moi tranquille.

Je m'éloigne, mais à peine. Elle a les cheveux sales, des nœuds de boue dans sa blondeur, et ce qui ressemble à des bouts de papier brûlé sur les épaules. La journée est chaude, il n'y a pas un souffle d'air à l'intérieur de la maison. Dans le congélateur, je trouve des glaces que maman a dû acheter. J'en sors deux, je les déballe, je lui en tends une, mais elle me regarde comme si j'étais folle. J'entortille ma langue autour de la glace, ça calme la démangeaison sur ma peau.

C'est bon, je dis, et elle fait tomber de ma main celle que je lui tendais, qui s'étale par terre et se met à fondre sur le carrelage. Je sens mon bâtonnet pressé dans ma paume de main et je pense à la texture qu'a prise ma peau, si rêche que, si ça continue, je serai bientôt entièrement rigide.

Ça va ? je demande. Elle a des yeux si brillants que ça fait presque mal de les regarder. Septembre.

Je savais, pour la photo, elle dit, et elle a cette tête de quand elle veut me faire du mal, qu'elle est prête à tout pour ça. Je n'avais pas besoin de voir le téléphone ; je savais ce que tu faisais. J'avais vu les messages qu'il t'envoyait, et je savais que ça n'était pas lui. Ça ne pouvait pas être lui, bête de Juillet. Espèce de grosse bête.

La glace qui fond sur ma main est incroyablement froide. J'ai l'impression que ce n'est pas moi que Septembre regarde, mais la porte derrière moi à travers mon corps.

Ç'aurait dû être toi, elle dit, mais, avant que je puisse répliquer, quelqu'un agite la boîte aux lettres et frappe des deux poings sur la porte. Puis il y a du mouvement dans l'allée couverte de gravillons, quelqu'un qui trébuche, se cogne dans les pots de fleurs cassés. Une ombre passe et s'étale par la fenêtre sur le tapis sale. Je me jette à terre et je reste accroupie près de Septembre.

Une tête, des mains en coupe apparaissent derrière la fenêtre maculée de boue. J'entends mon nom et je me retourne vers Septembre, mais elle n'est plus là. Elle a filé à l'étage. Je devine qui c'est. Ces cheveux roux, cette inclinaison étrange des épaules.

Je vais ouvrir et, quelque part dans la maison, Septembre siffle un petit avertissement, mais sans me rejoindre.

John a l'air tout penaud, et les bras nus.

Bonjour, je me suis dit que j'allais passer dire bonjour.

Il n'est pas du tout comme dans mon souvenir. J'essaie de me rappeler ce que ça m'a fait d'être presque allée au bout avec lui, mais ces images me paraissent irréelles. Il fait un grand sourire.

J'avais envie de te voir, il dit. J'ai apporté ça, il dit aussi en exhibant une bouteille. T'en veux ?

Son corps attire mon regard comme un panneau routier clignotant, mais je ne sais plus ce qu'on est censé dire dans ce genre de situation. J'aimerais que Septembre nous rejoigne pour qu'elle prenne les choses en main. Elle le renverrait chez lui ou elle déciderait qu'il est le bienvenu, serait gentille et saurait exactement quoi dire. Ça me plairait, et en même temps ça me plaît qu'elle se tienne à distance.

Ta mère est là ? il demande.

Sa peau de roux est brûlée par le soleil, il pèle au niveau de la nuque. Il y a des auréoles de sueur sous ses bras.

Ma sœur est en haut. Septembre est en haut.

J'attends une réaction à ces mots, mais il ne semble pas intéressé. Il porte la bouteille à ses lèvres et il boit. J'entends Septembre marcher au-dessus de notre tête, elle fait les cent pas d'une pièce à l'autre comme maman à Oxford après la bagarre au lycée.

Septembre est là, je répète.

D'accord, il dit en écarquillant les yeux.

On va la chercher ?

Il ne répond pas.

Il s'avance dans la maison, il examine des objets, les poutres au plafond, la taille et la forme des fenêtres. On s'assied sur le canapé et on boit à la bouteille. Il parle tout le temps et très vite sans attendre de réponse. Il raconte ses grands frères qui cassent une voiture après l'autre, les filles qu'il fréquente au lycée, rien de sérieux, juste comme ça. Pendant qu'il parle d'elles, je le vois me jeter des coups d'œil et je comprends qu'il se demande ce que Septembre penserait du fait qu'il fréquente d'autres filles. Je suis mal à l'aise, j'aimerais qu'elle descende ; comme elle, je suis en colère contre lui. J'attrape la bouteille et je bois, ça me brûle un peu la gorge, je tousse. Quand je repose la bouteille, il a la main sur mon genou.

Ma sœur n'est pas là, je dis. Elle est en haut.

D'accord.

Il approche son visage du mien comme sur la plage, sa bouche contre ma joue. Sa main est sur mon genou et je suis partagée, parce que Septembre est en haut, et qu'il m'a plu avant elle, cet étrange rouquin. Mais c'est moi qui l'ai remarqué en premier, et elle savait, pour la photo, pourtant elle ne m'a pas arrêtée. Je vais le faire, je me dis. Je sais que je fais ça pour la blesser comme elle parfois. Je pense à combien mon visage était presque devenu le sien dans le miroir.

Je pose à mon tour une main sur son genou, il semble prendre ça pour une invitation. Sa bouche vient recouvrir la mienne, j'ai le goût de son souffle, de la cigarette qu'il a dû fumer en chemin, du bacon qu'il a mangé au petit déjeuner, et je me demande si Septembre a perçu ça, elle aussi. Ce baiser dure, mais John a l'air incapable d'aller plus loin, ou alors il est trop nerveux. Ou il n'en a pas envie. Je me souviens de cette sensation par procuration, et je m'approche de lui. J'ai l'impression de suivre une carte. Il me guide avec ses bruits, que je trouve un peu dégoûtants et bizarres, mais qui m'aident. Il file vers un dénouement qui me déstabilise. J'ai l'impression que c'est mieux de prendre son temps, et je me souviens qu'il a fait pareil sur la plage, que tout a été très vite. Cela m'avait paru un moment historique, même si ça ne m'était pas réellement arrivé. Cette fois, ça ne ressemble vraiment à rien de ce que je connais.

C'était aussi bon que la dernière fois, il dit ensuite.

Quand il passe un bras autour de mon épaule, ma nuque se retrouve à un angle inconfortable. Je sens qu'il dégonfle. C'était aussi bon que la dernière fois. Il a l'air surpris et ravi, même si je trouve ça étrange qu'il nous compare comme ça. Ça ne me paraît pas correct, quoique je n'aie pas assez d'expérience pour juger, de comparer des sœurs. La dernière fois, ç'a été aussi bon avec toi, et je comprends qu'il nous a confondues. On a beau ne pas se ressembler du tout, il nous a confondues.

Je reste immobile, inquiète à l'idée qu'il se rende compte de son erreur et que ça l'énerve, comme si j'étais complice de sa méprise. Il vide la bouteille et recommence à parler de sa famille, de leur ferme, qu'il ne veut surtout pas reprendre quand il sera adulte.

Je sens quelque chose dans la maison. Une sorte de tension, comme une gorge privée d'oxygène. John n'a pas l'air de s'en apercevoir. Il continue à parler, il me caresse parfois d'un mouvement léger accompagné d'un petit tapotement. Les fenêtres de la maison tremblent, je sens les murs se resserrer. Il y a une odeur de caoutchouc brûlé et de pluie ancienne qui moisit sur le sol. Il a de l'électricité statique dans les cheveux et, tout à coup, moi aussi.

Quelque chose a changé dans ses yeux quand il me regarde, qu'il essaie de comprendre, et je vois qu'il a peur. Il s'éclaircit la gorge et il va à l'autre bout du canapé, s'assied et, d'un geste mécanique, pose une cheville sur le genou opposé. Ne sachant pas quoi faire, je m'installe par terre près de la cheminée. Il se remet à parler, il déblatère d'un air détaché sur sa famille, les voitures qu'ils possèdent, leurs chiens. À l'étage du dessus, Septembre fait beaucoup de bruit. Même de là où je me trouve, je sens sa colère. De la chaleur s'élève de ma colonne vertébrale. La voix de John est monocorde, ses mains s'ouvrent et se referment sur ses cuisses. Ses mots ne signifient rien pour moi. Je repense à ce fameux jour au lycée. C'est comme si tout tendait vers ça. Le bruit se calme à l'étage et, quand je tourne la tête vers l'escalier, Septembre est assise sur la dernière marche, elle nous observe à travers la balustrade.

Ma sœur est là, je dis à John.

Il hésite, me regarde puis observe la pièce. D'accord, il dit. Je veux bien faire sa connaissance. Puisque tu en as envie. Il a l'air prudent, comme si, d'une certaine manière, il se recroquevillait sur lui-même. Son air bravache a disparu. J'aimerais bien la rencontrer, il dit.

Mais tu l'as déjà rencontrée. Je m'énerve contre lui, sa stupidité, cette comédie ridicule. Tu l'as déjà rencontrée, je dis tout fort, et ses épaules remontent vers son menton. Elle était à la plage. On était toutes les deux. Tu t'en souviens pas ?

Il secoue la tête, se lève, dit, Je ne vois pas de quoi tu parles.

Ça m'énerve. Ce petit jeu auquel il joue. Je tourne la tête vers les marches pour demander à Septembre de venir, de se montrer et de mettre fin à ce cirque. John est à la porte, il se dépêche d'enfiler ses chaussures. Septembre a descendu l'escalier, elle s'approche de moi. Ses lèvres s'agitent, pourtant les mots qu'elle prononce ne viennent pas d'elle, mais des murs. Ils résonnent dans la pièce et emplissent mes oreilles, si bien que je ne parviens pas à percevoir mes propres pensées, que je ne peux produire aucun son à part la voix de Septembre. Elle a les jumelles à la main. John tente de remettre ses chaussures, il sautille sur un pied, il a le visage tout rouge à partir du cou. Septembre agite les jumelles, et son expression est une expression que je connais. Elle tient les jumelles, puis c'est moi qui les tiens, elles heurtent la tempe de John, qui un instant a l'air étonné, puis s'écroule. Et ne bouge plus.

5

Une bosse apparaît déjà sur le front de John, et sa peau se colore. J'ai les jumelles à la main, Septembre a disparu. Le salon est vide. Je tremble. Je me penche et je touche le visage de John. Il respire mais il ne se réveille pas.

Je monte à l'étage, j'appelle Septembre. La maison est à nouveau brûlante, les radiateurs pulsent contre les murs, les tuyaux claquent. J'inspecte notre chambre, puis, tout doucement, la chambre où maman dort. Septembre n'est nulle part. Je cherche sous les lits, dans les placards. Elle finira bien par se montrer. Elle se joue de moi. Je sais quelle tête elle fait quand elle rit, les lèvres retroussées en un grognement, la texture onctueuse de ses gencives.

Je redescends. John n'a pas bougé, je me demande si je l'ai tué. Je cherche Septembre dans le garde-manger, puis dans la salle de bains. Il y a un bruit d'arbres qui se brisent à cause de la tempête et, quand je touche mes cheveux, j'ai la tête mouillée, je suis aussi trempée que si j'étais sous la pluie, mes mains sentent la fumée et le brûlé. Le fond de la baignoire est tapissé de feuilles mortes et de terre. J'ouvre la bouche pour appeler Septembre, mais rien ne sort.

6

La tempête Regina a surgi dans la nuit et elle déverse son torrent de pluie. Quelqu'un a prévenu que la route d'Abingdon était inondée et des gens vont se prendre en photo en kayak et pagaies devant les panneaux routiers pour montrer qu'ils étaient là. Un enfant est tombé d'une péniche, il a été emporté par le courant. On met deux fois plus longtemps pour aller au lycée. La moitié des bus ne circulent pas et à notre arrivée il y a des fuites dans plusieurs salles de classe, qui sont devenues impraticables.

On court d'une salle à l'autre avec nos manteaux sur la tête mais on est trempés dès qu'on quitte un bâtiment. Plus tôt dans la semaine, il y avait encore des photos de moi par terre dehors, mais l'encre s'est dissoute dans les flaques, et elles ont disparu.

Septembre et Kirsty avaient été exclues pour trois jours. À son retour, Septembre était bien décidée à mettre son plan à exécution. Quand elle parle, c'est avec des mots durs. Elle ne cesse de m'interrompre, commande un plat pour moi aux dames de la cantine, répond à ma place en cours. Elle porte mon sac sur son épaule, elle se penche parfois vers moi quand je fais mes devoirs et modifie mes réponses, si bien que son écriture se superpose à la mienne.

Elle a demandé à Lily et aux autres de nous retrouver en fin de journée aux courts de tennis. Je ne sais pas comment elle a dit ça, ni ce que les filles imaginent. Le matin, elle a glissé un couteau dans sa poche. En cours, aux toilettes, à la pause ou au déjeuner devant ma purée de pommes de terre au fromage, je me préparais à lui dire que je ne voulais pas qu'on fasse ça, qu'on devait tout arrêter. Au réfectoire, j'ai imaginé ma voix autoritaire, je me suis vue taper du poing sur la table pour appuyer mon propos. Elle aurait eu l'air agacée, puis elle aurait accepté et ç'aurait changé notre relation, même juste un peu. Elle se serait mise à m'écouter et à me respecter quand je lui aurais dit que je ne voulais pas faire ci ou ça, et on aurait enfin été à égalité. En levant la tête, j'ai vu Ryan nous observer depuis l'autre bout du réfectoire, les bras croisés sur la table, un pli entre ses sourcils froncés.

Qu'est-ce qu'il y a ? a demandé Septembre en promenant un regard furieux à travers la salle.

Rien, j'ai dit, mais je me suis demandé, c'était plus fort que moi, comment ça se serait passé s'il n'y avait eu que moi, si j'étais née la première et si Septembre n'était pas née du tout. Peut-être que j'aurais eu des amis, que Ryan m'aurait posé une question en cours pour ensuite rire de ma réponse, qu'on se serait promenés sur le terrain de sport, qu'il m'aurait effleuré l'épaule, et…

Allez, viens, on a fini, a dit Septembre en mettant mon assiette sur son plateau pour ensuite tout débarrasser.

Je me suis sentie coupable, j'ai passé mes bras autour d'elle et elle m'a embrassé le front.

La tempête était vraiment forte, certains sont rentrés chez eux après le déjeuner, mais pas nous. Septembre paraissait éclairée de l'intérieur, avec son sourire blanc et ses cheveux blonds, les mots qui se précipitaient dans sa bouche comme s'ils lui échappaient. Je me souviens de chaque instant. Comment elle s'est penchée sur la fontaine d'eau et, ensuite, s'est redressée en s'essuyant la bouche du revers de sa manche. Comment elle m'a fait encore et encore jouer au pendu, ce petit bonhomme qui apparaissait peu à peu sur la page. Quels mots elle avait choisis ?

H-I-R-O-N-D-E-L-L-E

S-P-É-L-É-O-L-O-G-I-E

E-N-T-E-R-R-É-E.

Elle n'arrêtait pas de regarder l'heure et je n'arrêtais pas de regarder son visage, que je voyais traversé par différentes expressions – de l'excitation à l'énervement.

Après le déjeuner, elle avait maths, et moi sport. Le vestiaire était humide et glacial. J'ai regardé ma peau prendre la texture du porridge. La professeure était pendue à son téléphone, et de mauvaise humeur. On a fait des sprints. Il fallait courir jusqu'à la ligne blanche au sol, la toucher et revenir. Ryan était là. Je ne l'avais pas remarqué au début, puis je l'ai vu courir, ses bras maigres qui s'agitent le long de ses côtes, ses genoux osseux flous sous son short. La prof a sifflé et on s'est tous rassemblés, essoufflés, les mains sur les cuisses. Il était près de moi. J'ai observé ses baskets éraflées, sa respiration qui se calmait, la sueur sur sa nuque.

Hé, il a dit. Je savais qu'il parlait tout bas pour que personne n'entende. Je n'ai pas répondu. Je voulais m'excuser, il a dit. Pour ce qui s'est passé. Je voulais te demander pardon.

Il y avait un trou dans le toit du gymnase et l'eau s'en écoulait bruyamment pour former une flaque. L'air dégageait une puanteur de pieds sales et de transpiration. Je sentais l'odeur de Ryan sous son déodorant, je crois. J'aurais pu dire quelque chose, prononcer une phrase qui nous aurait rapprochés, mais la professeure nous a hurlé de filer, et la tempête semblait se rapprocher encore. Il s'est contenté de faire un petit sourire, a déplié ses jambes et il est reparti en courant vers la ligne blanche.

Septembre m'attendait dans le couloir des vestiaires. La pluie tombait sans répit, comme en rideaux. Des rivières s'écoulaient dans les gouttières. Je voyais que Septembre pensait à la suite. Elle n'était presque pas avec moi.

Salut, j'ai dit. Je voulais lui annoncer que Ryan s'était excusé et que tout était peut-être réglé, qu'on n'avait pas besoin de passer à l'action. Il nous suffisait de terminer cette année au lycée, la toute dernière, puis ça serait fini, ça n'était pas si long et, une fois parties, on oublierait tout.

Tu es prête ? elle a dit. Je veux y arriver avant elles.

Les mots se sont coincés dans ma gorge comme des rondins qui bloquent une rivière. Des mots, mais aussi des hésitations, des répétitions, des silences, des bégaiements, des trous et des erreurs.

Elle était déjà en route. Je lui ai emboîté le pas.

7

On s'éloigne des bâtiments et on traverse le terrain de sport à pas lourds. Le gazon n'est plus que boue, les lignes de la piste de course sont presque effacées. Les filets de cricket sont déchirés et couverts de branches tombées, les guichets enterrés dans le fond. Quelqu'un a oublié sa chemise. Quand on se retourne, le lycée se perd dans le déluge, on aperçoit juste, par instants, une fenêtre éclairée. La tempête qui bat son plein brouille tout. Le bruit du vent disparaît presque sous celui de la pluie, pour ressurgir à certains moments. Je dois me courber, ce qui rend la marche difficile. De temps à autre, Septembre se place à ma hauteur, me prend la main, elle me transmet son excitation en me tapotant l'intérieur du poignet avec ses doigts. De temps à autre, elle avance sans se retourner, les mains dans les poches. Je me hâte pour qu'elle ne me distance pas, il y a dans l'air une odeur d'herbe pourrie, de cheveux trempés. Au bout du terrain, des arbres et des buissons épais, des orties, des herbes hautes.

Dans la Settle House, je dis quelque chose, et les mots déforment ma mâchoire. Et à travers les arbres, à travers les arbres…

À travers les arbres, à mesure qu'on avance, je vois Septembre dont les pieds butent dans le sol boueux et contre les troncs. Elle a le visage tourné vers le ciel. Cela fait longtemps que je ne suis pas allée dans cette partie du lycée. Le sol est irrégulier, les racines apparentes. Les gouttes de pluie qui coulent dans mon cou mouillent le col de ma robe sous mon imperméable et s'écoulent au bout de mon nez. Septembre avance avec détermination, elle disparaît parfois derrière un tronc. Puis elle ressurgit. On dirait qu'elle a oublié ma présence. Elle n'est pas là pour moi, je me dis. Je m'arrête, j'ai envie de retourner au lycée et de me cacher dans les toilettes jusqu'à ce que tout ça soit fini, d'appeler maman et de lui annoncer très fort au téléphone : Je ne veux pas faire ça. J'ai peur. Je ne sais pas quoi faire.

À la lisière des arbres, j'hésite. Je me sens mal, j'essaie de respirer. Je cherche des yeux le grillage des vieux courts de tennis, je ne vois que le poteau du projecteur brisé et la masse de la cabane. Je mets les mains autour de la bouche pour appeler Septembre, mais elles retombent à mes côtés, et ma voix s'éteint.

Une fois ma décision prise, je me lance à sa poursuite. Je manque de tomber. À certains endroits, les orties atteignent presque ma tête. La forêt gronde autour de nous, j'observe le ciel à travers les arbres, il est blanc et il résonne d'un bruit qui pourrait tout autant être le tonnerre que les voitures sur la grande route toute neuve. Je vois le court de tennis et la cabane vers laquelle Septembre se dirige. Elle est carrée, son toit recouvert de mousse, l'une des parois inclinée à un angle étrange, une autre presque décomposée, si bien qu'on distingue l'intérieur. Je m'accroche au tronc des arbres, je ne m'arrête que pour vérifier si Lily ou une autre est là, mais le terrain de sport est désert, les arbres plus proches encore. Il y a un sifflement permanent à mes oreilles, une fréquence que je suis peut-être la seule à percevoir.

Dans la Settle House, mon corps se détache, perd sa forme et sa silhouette, se confond dans les souvenirs.

J'atteins la cabane. Il y a une odeur de cet ail qui pousse au bord de la rivière. Septembre est à l'intérieur, elle donne des coups de pied contre les parois branlantes, les yeux écarquillés, et saute d'un pied sur l'autre. Je veux la toucher, me retenir à elle. Qu'est-ce que je lui dirais si je parvenais à la calmer un instant ? La cabane est pleine de raquettes pourries, ses parois tapissées de mousse. Je tends la main vers elle. Je vais dire quelque chose pour détourner son attention, lui demander si elle se souvient, ou alors la prendre par les épaules et la secouer jusqu'à ruiner son plan.

Je vais la secouer par les épaules jusqu'à ce que tout ce qui s'est passé la quitte, me quitte. Mais elle s'écarte et sort de la cabane à reculons sous la pluie avec un sourire alangui. Elle prend la direction du court de tennis marécageux. Je tiens la porte. Je veux sortir, moi aussi, la suivre en direction de ces courts de tennis inondés. L'un des gros projecteurs rouillés est allumé, il teinte l'air humide d'une lueur sinistre. J'ai envie de m'accroupir dans la cabane et d'attendre que tout ça soit fini. J'entends un cri, peut-être Lily et les autres qui arrivent. Septembre se faufile à travers les buissons, une main posée sur le grillage, elle se dirige vers l'entrée du court de tennis. Dans ma poitrine, je sens un hurlement monter, il est presque là, il emplit ma bouche comme une gorgée de vin. Elle entre sur le court et heurte l'eau profonde avec ses pieds, projette des éclaboussures vers le ciel, si bien que les gouttes semblent figées un instant dans l'air avant de retomber.

Il y a un bruit de quelque chose en bois qui cède. Je lève les yeux.

La pluie s'abat et les arbres chancellent autour de nous. Au-dessus, l'imminence d'un mouvement. L'un des arbres collés au grillage bouge, ses racines jaillissent de terre comme s'il comptait partir à pied. Septembre rit, sa tête blonde rejetée en arrière, sa bouche grande ouverte. Je crie, Septembre, attention ! Elle se retourne. L'arbre s'effondre en silence sur le plus haut des projecteurs, qui s'arrache. Crissement du métal qui cède entraîné par l'arbre, ce corps mourant emporte le projecteur dans sa chute à travers la vieille clôture sur le court de tennis transformé en bassin et un instant illuminé. Puis une odeur de feu humide et de fumée. Quelqu'un crie, le corps de Septembre est cambré à cause – ce que je ne comprendrai qu'après – de l'électricité. Je veux courir vers elle mais la cabane m'en empêche, ses parois cèdent, me retiennent prisonnière, quelqu'un crie, crie, et ce quelqu'un, c'est moi.

TROISIÈME PARTIE

Sheela

D'abord, ce fut le coup de téléphone du lycée. La voix de la secrétaire, que Sheela reconnut, ce trop long silence, cette étrange respiration nasale. Elle pensa aussitôt : Juillet. Il est arrivé quelque chose à Juillet (il est même possible qu'elle ait pensé : Septembre lui a *fait* quelque chose). Mais non, ce n'était pas Juillet.

Le trajet. Rendu dangereux par la tempête, des embardées sur les routes détrempées, brûler des feux rouges qu'elle distinguait à peine, les voitures qui surgissaient de nulle part et l'évitaient au dernier moment. À quoi pensait-elle, les mains agrippées au volant, à hurler sur cet automobiliste qui passait ? Elle pensait au père des filles. À l'été où elle avait fait sa connaissance dans un bar de Copenhague, ce type qui s'était approché de la table qu'elle occupait avec une amie et s'était adressé à elle dans une langue qu'elle ne comprenait pas. À la façon dont, plus tard, dans un anglais impeccable, il lui avait dit : J'aimerais vous faire découvrir la ville. Et ensuite, toujours dans un anglais impeccable : J'aimerais que nous vivions ensemble. Cavalièrement, il lui portait ses sacs, lui tenait les portes, posait un doigt sur ses lèvres pour qu'elle se taise.

Elle était presque arrivée, elle avait coupé le dernier angle de rue, laissant un rétroviseur au passage. Elle pensait à Septembre. Sa première-née, cette enfant caquetante aux cheveux de la couleur de l'éclair, les yeux et l'inflexion de son père dans sa bouche si douce, la détermination et la cupidité de son père. Comme s'il n'était pas mort, comme si, d'une certaine manière, il s'était glissé dans la peau de cette enfant. Mais ce n'était pas juste de penser ça. La voiture qui escalade le trottoir et s'arrête lourdement, ses dents qui se referment sur sa langue. Sa première-née, semeuse de désastre, son enfant au nez ensanglanté qui tire Juillet derrière elle comme un cerf-volant. Parfois, quand Sheela la regarde, une peur la saisit, si forte qu'elle a l'impression qu'elle la prend par les épaules et l'emporte.

Septembre était la fille de son père. L'assombrissement de l'inquiétude au seuil d'une vie heureuse.

La façon dont la poignée tournait dans le noir, la nuit, quelle que soit la maison où elles étaient réfugiées. L'image de son cadavre dans cette piscine, avec sa peau toute ridée, les yeux grands ouverts. À se rasseoir pour observer la porte et les fenêtres, à penser : même mort, même mort, même mort.

Le gyrophare bleu et vert d'une ambulance se reflétait sur le mur du lycée. De sa voiture, elle entendit le bruit d'un brancard qui rebondissait sur les marches. Peut-être que c'était une blague de Septembre, une gaminerie qui, une fois de plus, était allée trop loin. Combien d'enfants avez-vous ? Un. Pourquoi avez-vous décidé de n'en avoir qu'un ? Non, non, non. Le visage de Juillet par les portières ouvertes à l'arrière de l'ambulance, la couverture à l'odeur d'antiseptique autour de ses épaules, ses yeux qui s'arrêtent sur le visage de Sheela et qui s'y accrochent comme jamais.

Au décès de sa mère, Sheela avait eu à clôturer des comptes bancaires, vendre une maison en Inde, trier des livres et des ustensiles de cuisine. Mais une enfant, ça laisse si peu derrière soi. Ce n'était pas le genre de Septembre d'avoir des choses auxquelles elle tenait, des choses pour combler les journées. Sa chambre, qui était aussi celle de Juillet, était propre et bien rangée. Un livre sur le canapé qu'elle lisait peut-être, un yaourt dans le frigo qu'elle avait peut-être à moitié mangé – mais peut-être pas. Au grenier, des cartons de bulletins de notes et de dessins d'enfant où les poissons étaient toujours marron ou noirs. Des vêtements sales dans le panier à linge, une pince à épiler dans l'armoire à pharmacie. Sheela mit tout ce qu'elle trouva sur le lit et s'allongea au milieu de ces objets égarés ou oubliés. Si elle restait là assez longtemps, Septembre viendrait peut-être les récupérer, les pieds chargés de boue dans la maison silencieuse, et s'allonger près d'elle sur le lit. Ce n'était pas la même douleur qu'à la mort de sa mère ou de Peter, où elle pouvait, même si c'était à peine croyable, compartimenter son chagrin, le décomposer en petits morceaux. Perdre Septembre, c'était différent. Il n'y avait pas un instant où elle n'y pensait pas, où elle ne sentait pas la pression de ce souvenir parcourir ses bras, se blottir dans son ventre, s'emmêler dans ses cheveux, creuser comme un cancer dans sa peau. Elle s'allongea sur le lit pour attendre le retour de Septembre, mais elle ne pouvait pas y passer sa vie. Il lui restait une fille.

La présence de Juillet obligea Sheela à se lever et à s'habiller. Elle se brossa les dents. Il lui restait une enfant. Juillet était à la table de la cuisine vêtue d'une robe ayant appartenu à Septembre, elle parlait avec la voix de Septembre, elle avait le regard soupçonneux de Septembre. Contrairement à Septembre, Juillet ressemblait à sa mère. Dans la rue, Sheela voyait les gens admirer sa fille blonde et se demander si elle ne l'avait pas kidnappée. Quand quelqu'un meurt, il ne vit pas en nous, ce n'est pas vrai, il disparaît, c'est tout. Elle cuisina pour Juillet, elle lui brossa les cheveux et elle tenta de lui expliquer ce qui s'était passé, mais Juillet n'avait pas l'air de comprendre. Qui était-elle pour la convaincre ? Chaque fois qu'elle entendait un bruit dans la maison, elle croyait que c'était Septembre, chaque fois qu'il y avait quelqu'un à la porte ou au téléphone, elle se préparait à la voir ou à entendre sa voix. *C'était une blague, une bonne blague que j'ai faite, hein ?*

La marche sur laquelle Septembre s'asseyait quand elle était méchante et renfrognée. Le mur contre lequel Sheela les mesurait, Septembre toujours un peu plus grande que sa sœur. La porte que Septembre avait claquée une fois puis, pour faire bonne mesure, avait-elle dit, une deuxième fois. Le trou qu'elle avait creusé avec un pied de chaise brisé, ce jour-là ça avait vraiment bardé pour elle. Son verre préféré, dont elle n'acceptait pas que quelqu'un d'autre boive dedans. Juillet qui parlait toute seule dans sa chambre. L'endroit où/le jour où/le mur le sol le siège la table.

De petits souvenirs lui revenaient. La fois où Septembre était tombée dans un rosier et avait dû rester allongée sur le canapé, les joues trempées de larmes, la mâchoire contractée, pendant que Sheela retirait les épines à la pince. Septembre incapable de se tenir tranquille dans son ventre, surtout la nuit, le choc de la première contraction tôt un matin alors que Sheela se penchait pour attraper du lait. La dispute au sujet de la petite souris, la tête de Septembre, les doigts serrés autour de sa dent, qui refusait de la lâcher.

Au moment de la première contraction, Sheela avait fermé très fort les yeux, comme pour la chasser.

Peter écoutait la radio dans la chambre. Ils habitaient depuis un mois à la Settle House. Elle ne le connaissait que depuis trois ans, et déjà ça allait mal entre eux. Elle s'enfermait pendant des heures dans la salle de bains en espérant qu'il parte. Il s'était absenté pour la journée quand Septembre avait émergé de son corps dans la maison, les draps baignés de sang, le placenta dans un coin, ce petit corps tremblant qui attrapait puis relâchait son doigt. La maison était apparue différente à Sheela ce jour-là. Elle ne l'avait jamais beaucoup aimée, mais ce jour-là elle aimait la façon dont, ensemble, elles avaient attendu que cette petite chose vienne au monde. Ses murs s'étaient contractés autour de son premier cri de gloire. Il y avait des souvenirs de Septembre dans la Settle House, mais, contrairement à Oxford, ils étaient presque détachés de la douleur : ça serait mieux là-haut. Si elle pouvait la pleurer quelque part, c'était bien là.

Peter, comme des tessons de bouteille dans son enfant. Cette enfant capable de manipulation, de cruauté, qui parfois prenait sa sœur pour un réceptacle, la trimballait partout, la posait, la récupérait, déversait tout en elle.

Quand Sheela était petite, elle volait des pièces dans le porte-monnaie de sa mère puis les enfonçait dans la chair tendre de ses bras ou de son ventre comme si elle voulait y creuser un trou. La trépidation menaçante des rêves envahissait ses jours et elle se demandait comment les gens se débrouillaient pour supporter tout ça, marcher, parler, faire semblant. Les médicaments que lui donnaient les médecins ralentissaient son esprit. Elle avait traversé l'adolescence dans l'hébétude et les heures qui s'écoulaient sans qu'elle s'en rende compte. Sans médicaments, la tristesse s'était certes éloignée, mais elle n'en était pas moins ralentie, floue comme dans une brume de chaleur. Avec Peter, elle avait senti la tristesse se rapprocher, détraquer les jours, eu l'impression que jamais elle ne se sentirait bien à nouveau. C'était là, comme un vieux bateau qui revient au port. La terreur bleue surgit, s'infiltra en elle par la bouche et les oreilles, traversa sa peau. Pire que jamais. Évidemment.

Sa première-née était morte.

Le lit de la Settle House puait, mais elle s'y glissa quand même, tira la couette sur sa tête et le désespoir s'abattit sur elle comme une nuée d'insectes bourdonnants. Elle ne savait pas où elle-même prenait fin et où la maison commençait. Ni où commençait la maison et où elle-même prenait fin.

Tard dans la nuit. Préparer un chili pour Juillet dans le noir ; épuisée après avoir coupé un oignon, écraser les gousses d'ail avec le plat du couteau et se rendre compte que rien que ça suffisait à la défaire. Derrière elle dans le salon, un bruit comme si quelqu'un venait de s'asseoir. Elle goûta une cuillerée de chili en essayant d'imaginer ce que ça ferait de se préoccuper encore d'avoir un corps. Elle avait sans cesse l'impression d'entendre Septembre qui l'appelait. Elle avait sans cesse l'impression que Peter était là, hors de vue mais tout près, à attendre qu'elle s'endorme. Il serait toujours là quand la tristesse s'abattrait, car il faisait partie d'elle. La mort ne meurt pas.

Elle se leva et dessina Septembre qui allait de pièce en pièce dans la Settle House. C'est le lit qui la faisait tenir, ou alors elle qui faisait tenir le lit.

La naissance de Septembre avait été facile, mais l'accouchement de Juillet nécessita une césarienne en urgence parce que le bébé se présentait en siège, le bras autour du cou. C'était étrange, si différent de la douleur saisissante de Septembre. Tout à coup, sa chambre d'hôpital s'était emplie de gens méconnaissables sous leurs masques. L'un d'eux aurait dû être Peter, mais il n'était à nouveau pas là. Elle ignorait où il se trouvait. Un champ opératoire la coupait en deux. Elle aurait aimé voir ce qu'ils faisaient, savoir quand elle pourrait prendre son bébé dans ses bras. Elle eut la sensation de mains en elle, d'une pression terrible qui allait et venait. Puis le bébé fut là, sur sa poitrine, sa peau recouverte d'une texture douce à l'odeur infecte, ses yeux grands ouverts et alertes.

Tant que les filles étaient petites, elle avait eu envie d'écrire sur ce que ça faisait d'accueillir quelque chose en soi, d'être tout autant chair et sang que mortier et plâtre. Elle avait pitié de la Settle House et de la maison d'Oxford, elle comprenait ce que ça faisait d'être empli de bruit et de douleur, comprenait pourquoi, parfois, les murs semblaient se recroqueviller sur eux-mêmes. Après avoir donné naissance, elle s'était sentie vide comme une maison bien-aimée qu'on ferme pour l'hiver.

Pendant un long moment, elle continua à avoir la sensation que son corps ne lui appartenait pas. C'était comme ça, dans les derniers jours avec leur père. Elle avait à nouveau ressenti ça quand elles étaient en elle, qu'elles la faisaient enfler sans qu'elle y puisse rien, qu'elles faisaient de son corps un havre providentiel. Plus tard, dans la Settle House, elle avait imaginé ce livre qu'elle écrirait, ces dessins qu'elle ferait d'une femme aux cheveux noirs qui voyait sa peau devenir à la fois dense et friable, ses jambes se muer en briques et ses bras en cheminées. Elle n'avait jamais écrit ce livre, peut-être qu'elle ne l'écrirait jamais. Elle n'était pas certaine d'écrire à nouveau.

Écrirait-elle seulement sur sa fille morte ? C'était pour le moment inconcevable, mais un jour, peut-être. Presque dix-sept ans auparavant, deux cordes avaient jailli de son corps pour s'élancer dans le monde et, depuis, elles la rattachaient à ce monde. Il ne lui semblait pas que l'une de ces cordes avait été sectionnée, plutôt qu'elle la reliait à un endroit où elle ne pouvait pas se rendre. Putain de putain de merde, elle avait envie d'entrer dans un supermarché et d'y casser toute la vaisselle. Elle voulait déclencher la fin du monde, elle était prête à tout pour remonter à l'origine du temps, et tant pis pour les conséquences, jusqu'à ce que sa fille morte ressurgisse dans la maison d'Oxford, où le bonheur avait été ténu mais toujours présent. Elle aurait donné *une livre de chair* si nécessaire rien que pour savoir qu'il n'y avait plus d'absence là où, auparavant, il y avait une présence à la fois furieuse et ridicule.

Elle rêve de ces journées autrefois remplies par ses filles. Elle voit des avertissements là où il n'y en avait pas, elle y pense sans cesse : pourquoi je ne l'ai pas empêchée de faire ça ? Était-ce un signe avant-coureur que, toute petite, Septembre jette son assiette par terre ? Qu'elle lui ait tiré les cheveux quand elle l'allaitait ? Que contrairement aux autres enfants elle n'ait pas pleuré le jour de la rentrée en maternelle, qu'elle se soit contentée de franchir les portes de l'école sans se retourner ? Que son père ait été un homme chez qui la haine ressemblait tant à l'amour ?

Juillet

1

Je ne sais pas combien de temps a passé, rien n'est clair.

Je sors le lait du réfrigérateur et je bois à la bouteille, j'en renverse sur moi, il se répand sur le sol.

Elle est morte.

Pourtant, c'est impossible de tuer Septembre.

Je la cherche dans le miroir de la salle de bains. Je la vois, elle passe à toute vitesse, avec cette tête à la fois adorable et affreuse. Je la vois. Je regarde par-dessus mon épaule, elle disparaît. JE T'AI BIEN EUE. Elle n'est pas là. Le miroir Septembre perd pied.

Les souvenirs me reviennent, allez savoir dans quel jardin au fond de moi ils étaient cachés : je suis seule depuis des mois et des mois. Dormir sans elle dans un lit froid, devenir folle au point de croire qu'elle était là. Prendre sa voix sur la plage, dans la maison, la voiture. Jouer toute seule à Septembre a dit. Manger toute seule. Parler toute seule.

Le lavabo me rattrape au moment où je tombe, le sol me retient. Elle est morte. Non, elle n'est pas morte. Si, elle est morte. Non, elle n'est pas morte.

Je pose la joue contre le sol. Bien sûr qu'elle est morte. Il y a quelque chose qui bat dans ma poitrine, comme l'oiseau que j'ai vu surgir du mur avec ses ailes qui s'agitaient. Sans elle, je ne suis personne. Ma sœur est un trou noir ma sœur est un arbre qui tombe ma sœur est la mer.

Je préfère être folle plutôt que ça. Plutôt folle que ça.

Je me reprends. Je passe dans la pièce voisine, je m'assieds sur le canapé et je regarde John étendu par terre. Il a l'air très jeune, avec ses cheveux roux et sa peau couverte de taches de rousseur, sa bouche ouverte. Je me souviens, comme si ça venait d'arriver, de la plage, de mon envie de lui, et lui de moi. Septembre n'était pas là, mais, d'une certaine façon, je parlais comme elle, avec sa confiance et son insouciance. J'avais soulevé ma robe et j'étais entrée dans la mer, si froide, la brûlure du sel, la langue de John contre la mienne, le sable qui me grattait l'arrière des jambes, cette douleur qui allait et venait, nos torses l'un contre l'autre. J'essaie de bouger mais rien de ce qui m'a appartenu un jour ne fera plus ce qu'on lui dit. Si Septembre était là, elle dirait… Si Septembre était là, elle rirait… Si Septembre était là, elle ne laisserait pas… Je retourne dans la salle de bains et je me penche sur les toilettes parce que je risque de vomir, j'attends qu'elle arrive pour me tenir les cheveux, mais elle ne vient pas. Jamais, jamais, jamais, plus jamais elle ne viendra.

Je suis au lit. Je descends au rez-de-chaussée. John est parti, la porte mal refermée. Il n'y a jamais eu que Septembre. Moi, j'étais à peine là. J'enfonce les doigts dans ma bouche et je me mords les jointures. Je me gratte un bras, je montre les dents pour la sensation à la fois bonne et mauvaise que ça procure. La marque a encore grandi, elle enveloppe mon épaule, ses tentacules s'élancent sur ma clavicule, s'enroulent vers mon visage.

Où aller à partir d'ici ? Septembre a dit, Magne-toi, bête de Juillet. Septembre a dit, Arrête de te morfondre. Septembre a dit, Si tu dois rester grognonne comme ça, autant sauter de la falaise. Je m'approche du mur, je plonge les doigts dans le plâtre et je dis, Prenez-moi plutôt qu'elle. Prenez-moi à sa place.

La lumière change dans la maison. Mon esprit passe d'une pensée à une autre. Je comprends que Septembre est morte, qu'elle n'était pas là. Les pensées dont j'aurais juré qu'elles étaient siennes étaient en réalité miennes. Les événements des quelques derniers jours sont clairs. Ma tête est pleine de creux. Je ne me suis jamais vue sans elle, même si elle me repoussait toujours à la marge. Du coin de l'œil, je pense entrevoir quelque chose qui bouge, pas dans la pièce mais en moi, sous la surface de ma peau. Je vais tenir le coup. Une décision qui n'en est pas une flotte, puis je finis par la prendre. Je la garderai en moi.

Toutes ces mauvaises choses que Septembre faisait. Ces promesses de sang. Fusionner mon anniversaire avec le sien. Casser mon vélo. Être méchante avec maman. M'obliger à être méchante avec maman. Voler ce parfum. Me tendre des pièges. M'enfoncer la tête sous l'eau. Me raser un sourcil. Bien trop pour en faire toute la liste.

Toutes ces bonnes choses que Septembre faisait. M'aimer. Me protéger. Être moi.

2

Je me surprends à rêver que Septembre est en vie, nous incarnons les deux personnages de notre série télévisée préférée. Septembre est Hadley, avec ses gants en caoutchouc bleus dans la poche et sa mémoire photographique. Je suis Bell, avec un monocle et un bégaiement. Nous arpentons les tunnels qui relient les différents collèges de l'université d'Oxford. Hadley s'est noyée au cœur d'une très vieille crypte dont on venait de découvrir l'existence. Seule pendant un temps, j'essaie de résoudre des crimes, en vain, puis je trouve un moyen de la ressusciter avec l'une de mes côtes et une ancienne technique égyptienne dénichée dans un vieux grimoire de la bibliothèque de Bodley. Au début, Hadley est bizarre, encore un peu morte, elle zozote et fait des phrases qui ne lui ressemblent pas. Mais elle finit par se rétablir, et on résout l'énigme ensemble. Enfouies sous les rues d'Oxford, dans les caves, les tunnels et les coins cachés : la réponse que nous cherchions.

Il fait nuit dehors, je vais de pièce en pièce et j'allume chaque lumière. J'ai la migraine, une sale migraine qui irradie dans mes tempes et comprime le pourtour de ma tête comme un ruban. Je m'allonge sur le canapé et je ferme les yeux pour la chasser, mais ça ne fait qu'empirer. J'ai envie de monter voir maman et de tout lui raconter, que j'ai cru que Septembre était en vie, que, maintenant, je sais qu'elle est morte, mais je sens un tel poids sur mes épaules et sur mon torse que je suis incapable de bouger. Ma peau me démange, je suis presque certaine que la marque s'étend encore, qu'elle se gorge de ma chair fraîche, creuse un nouveau chemin en moi.

Est-ce mieux qu'elle soit morte ? J'enfonce mes ongles près de mes yeux. Je me tire les cheveux, et des étincelles blanches explosent sous mes paupières. Je me mords la lèvre jusqu'à ce qu'elle éclate. Je me gratte les cuisses. Est-ce mieux qu'elle soit morte ?

La Settle House est enracinée. À dix ans, Septembre avait annoncé à maman que nous aurions désormais la même date d'anniversaire. Parfois, je sens des mots se glisser dans mon esprit, bouger comme des dents de lait, prêts à s'exprimer à ma place. Septembre avait crevé les pneus de mon vélo avec un tournevis, si bien qu'on prenait le sien pour parcourir les parcs de l'université, rouler du mauvais côté de la route, passer devant le musée Pitt Rivers en hurlant comme des hyènes à l'intention des passants. Si les mots sont des dents de lait, alors Septembre est leur petite boîte. Elle dit, Juillet, écoute-moi. Elle dit, Juillet, ne t'inquiète pas.

Je me rends compte que mes mains s'agitent, mais je ne les sens pas. J'essaie d'ouvrir et de refermer mes doigts, mais ils ne répondent pas. J'ai les bras engourdis à partir du coude. Ma langue est comme une miche de pain dans ma bouche, je n'ai plus de sensation au bout de mes orteils. Le ruban de la migraine se resserre encore, c'est insupportable, puis tout à coup il se détend.

Je songe à tout ce que je peux faire maintenant qu'elle n'est plus là. Manger ce que j'aime, dormir, bavarder avec maman, me promener, regarder ce que je veux à la télévision, devenir l'amie des gens sur la plage, de qui je veux. La liberté.

Non. Non. Non. Non. Non. Non. Non. Non. Non. Non.

Si.

Septembre a dit, Retiens ton souffle. Pour toujours. Retiens-le pendant seize ans. Septembre a dit, Va dans la cheminée pour que je t'enflamme. Septembre a dit, Voici un couteau, creuse un trou dans ton ventre, que je puisse continuer à vivre en toi.

Choisir l'université où je voudrai aller. Choisir la ville que je voudrai habiter. Regarder ce que j'aurai envie à la télévision. Manger du chocolat, des pommes, des poivrons rouges, de la *Marmite*, du *mincemeat*.

3

À onze ans, on attend l'éclipse. On en a déjà vu plusieurs sur YouTube et on a lu l'article Wikipédia à ce sujet. Une éclipse, c'est l'obscurcissement d'un corps céleste lumineux par un autre corps céleste. On est dans la chambre d'amis à Oxford, il y fait chaud, ça sent le renfermé et il y a plein de toiles d'araignées aux poutres. Maman travaille dans son bureau, elle ne sait pas qu'on est là. Personne ne sait qu'on est là. Septembre brandit le cutter comme une arme, elle a fait la moitié du trou dans une boîte de céréales récupérée dans la cuisine.

Tu t'occupes du reste ?

Je secoue la tête. Elle me tend le cutter. La lame dépasse de son manche en plastique.

Allez. Sinon, ça ne sera pas vraiment à nous deux.

J'attrape le cutter. En face de chez nous, des élagueurs abattent le grand chêne du jardin. Il y a le vacarme des tronçonneuses, et l'air est empli de sciure de bois. Je pose le carton de la boîte sur le tasseau qu'on a trouvé dans le bureau de maman et j'y applique le cutter. J'appuie trop, ou alors ma main tremble, si bien que la lame traverse le carton et s'enfonce sans douleur dans mon pouce. J'observe ma peau fendue jusqu'à ce que le sang surgisse. Je me sens devenir toute molle, j'ai les genoux en coton.

C'est pas grave, dit Septembre. Elle me prend le cutter des mains et le plante dans la pulpe de son pouce jusqu'à ce que le sang tache la lame. Tu vois, c'est rien. Elle se moque de moi, puis elle ne bouge plus.

Je sais qu'il va se passer quelque chose. Le sang de son pouce a taché ses mains et notre projecteur de la taille d'un trou d'aiguille, le liquide est noirâtre sur le carton. Elle frotte son pouce sur ses joues, ce qui lui fait comme des blessures de guerre. Elle veut que je l'imite, mais je suis figée. Elle presse la lame contre sa gorge. Je vois sa peau qui se plisse.

Si je meurs, tu meurs aussi ? elle demande.

Ce n'est pas la première fois qu'elle pose des questions de ce genre. *Si j'étais kidnappée, tu proposerais de prendre ma place ? Si j'avais un sosie, tu saurais me reconnaître ? Si je perdais un membre, tu t'amputerais, toi aussi ?* Il n'y a jamais qu'une seule réponse possible à ces questions, bien sûr.

Oui, je dis. Je sais que je le ferais.

Je m'attends à ce qu'elle pose le cutter, mais elle ne bouge pas, ses yeux sont très clairs, un peu comme les yeux des chats qui luisent au fond du jardin.

Si l'une de nous devait mourir et qu'on pouvait choisir laquelle, tu mourrais à ma place ? elle demande.

Je sens ma langue s'agiter maladroitement.

Oui, bien sûr. Ça serait moi qui mourrais.

Tu le promets ?

Oui. Oui.

Écris-le.

Elle pose le cutter et je me sens soulagée, de ça, au moins. J'aurais dit n'importe quoi, j'aurais fait n'importe quoi pour elle.

Il y a un sac rempli de vieux carnets à dessin de maman, dont les pages sont envahies par nos deux visages. Septembre cherche un crayon et me le tend, puis ouvre un carnet à une page vierge.

Écris-le. Si tu l'écris, tu ne pourras jamais trahir ta promesse.

Je tiens le crayon puis je me baisse et j'écris : S'il ne devait rester que l'une de nous deux, ça serait toi.

Septembre déchire la page et la met dans sa poche puis me serre contre elle, et son odeur est partout.

4

J'approche de l'escalier avec l'idée de monter retrouver maman à l'étage pour lui dire que je comprends ce qui s'est passé. Mais, après avoir posé un pied sur la première marche, je m'arrête. Quelque chose a changé dans l'air, ou dans le sang. Je sens l'odeur de Septembre partout autour de moi comme ce jour-là. Les marches sont floues, je ne les distingue plus. Je pense à tout ce qui vient, à tout ce qui va se passer. J'ai le pied tremblant. Tous les possibles sont affreux. C'est affreux de penser à autre chose qu'au chagrin, pourtant je songe à obtenir mon diplôme, peut-être à aller à l'université pour, ensuite, avoir un métier qui me plaira. À voyager, ou à rencontrer quelqu'un et peut-être vivre avec cette personne. Je pense à refaire l'amour, mieux, cette fois, peut-être aussi à apprendre à cuisiner et à lire un livre qu'elle n'aurait pas voulu que je lise. Et enterré entre chaque mot, entre chaque possible : Je vais te laisser partir. Je ne te retiendrai pas. Je vais vivre.

Je gravis les marches, je prends le couloir et j'ouvre la porte de la chambre de maman. La couette est épaisse et son corps chaud de sommeil. Je me blottis contre elle, et elle dit, Qu'est-ce qu'il y a, Juillet, qu'est-ce qu'il y a ?

Je sens l'odeur de maman et, dessous, celle de Septembre.

Qu'est-ce qu'il y a ? Elle pose une joue contre ma joue comme autrefois, je me souviens, mais ne l'avait pas fait depuis longtemps. Je vois Septembre dans la forme de son nez et de sa bouche, jusque dans sa façon de cligner des yeux. Je ne sais pas comment lui dire tout ce que j'ai besoin de dire. Je ne sais pas par où commencer. C'est enterré sur ce court de tennis, dans les débris de la cabane effondrée, l'ambulance avec les seringues à terre et les draps tachés. Je ne sais pas comment lui dire que j'ai vécu avec le fantôme de Septembre accroché à mon cou.

Elle est morte, je dis.

Le chagrin est une maison sans fenêtres ni porte, sans possibilité de voir le temps qui passe. Dormir contre le dos de maman, le bras autour d'elle pour que, dans la nuit, dans le noir, ses épaules et ses cheveux dans ma bouche puissent être ceux de n'importe qui. Peut-être Septembre. Toutes lumières éteintes, toutes portes fermées, sans besoin de manger, d'aller aux toilettes ni de dormir, même si c'est tout ce que je semble capable de faire, avec l'odeur de moi-même sous la couette, le bourdonnement de la maison comme un moteur de voiture. Me réveiller en pleine nuit sans savoir pourquoi. Sentir mon pantalon de pyjama trempé contre mes jambes, l'odeur d'urine, le drap humide. Une migraine au centre de mon front, qui me transperce le crâne. La lueur de la lune par la fenêtre nue qui éclaire l'eau dans le seau que maman apporte, le raclement de l'éponge sur mes jambes et mes bras. Le drap roulé en boule qu'elle retire du lit, la puanteur de l'ammoniaque. Ses mains qui mouillent l'éponge, l'essorent, soulèvent mes cheveux, appliquent leur tiédeur contre ma nuque.

On aimait les sandwichs au fromage et aux oignons. On aimait une émission qui s'appelait *33* et David Attenborough. On aimait la mer. On aimait les longs trajets en voiture. On aimait connaître les rebondissements d'un livre avant tout le reste. On aimait les toasts aux haricots. On aimait le vin volé. On aimait prendre de longs bains. On aimait écouter *Desert Island Discs* à la radio. On aimait les grasses matinées. On aimait le dernier biscuit du paquet. On aimait les feux de camp. On aimait les canapés. On aimait faire des tentes dans le salon. On aimait trouver des choses dans le jardin. On aimait Internet. On aimait porter des robes blanches avec des collants noirs. On aimait le parfum volé. On aimait les anniversaires. On aimait les gâteaux. On aimait avoir les jambes nues. On aimait les promesses. On aimait une chanson intitulée « Comment tu t'appelles ? ». On aimait le sel au fond des paquets de chips. On aimait porter la même écharpe. On aimait ne pas avoir de père. On aimait ne pas avoir d'amis. On aimait la pluie. On aimait le terrain de sport du lycée.

Un matin, maman me dit que je dois arrêter de manger de sandwichs au lit et on se dispute.

Tu ne comprends pas, je dis. Tu ne peux pas comprendre, c'est impossible. Laisse-moi tranquille.

Elle jette la couette par terre, qui s'enroule autour de ses jambes. Si, je comprends. Mais on doit se lever. Tu vas te gâcher. Elle ouvre les rideaux pour que la lumière aille jusqu'au lit et me fasse mal aux yeux. Septembre ne voudrait pas de ça.

Tu n'en sais rien. Je le pense, mais je ne le dis pas. Elle descend faire du thé. Je compte les jours ; cela fait presque une semaine que j'ai compris qu'elle est morte. J'ai une migraine qui part des gencives et irradie dans mon crâne. En bas, maman m'appelle. Il est possible d'oublier un instant puis de se souvenir de tout.

On s'installe sur le canapé pour manger des sandwichs avec du thé trop chaud. On se tient très bien, comme lors d'un vrai dîner. Je ne sais pas comment lui parler sans que Septembre soit à la fois un pont et un mur entre nous.

Pour toi aussi, c'est comme si tu revenais de l'espace sur Terre ?

Oui, c'est ça, elle dit. Tout le temps.

Comme si tu avais mangé de la nourriture déshydratée de l'espace, utilisé des toilettes de l'espace, comme si tes bras et tes jambes avaient oublié la gravité ?

Oui, c'est ça.

On regarde sur YouTube des vidéos de femmes astronautes qui se lavent les cheveux dans l'espace. Maman rit des bulles d'eau qui s'échappent en flottant, et ce rire ressemble tellement à celui de Septembre que je me surprends à la chercher des yeux, contente à l'idée de la revoir. Maman dit qu'elle a envie d'aller se promener, mais l'idée de sortir de la maison me fait trembler alors on reste sur le canapé, roulées en boule comme Septembre et moi avant. Je songe à lui dire que même si je n'ai jamais été plus triste qu'en comprenant que Septembre est morte, une part de moi est soulagée, aussi. Mais je ne pense pas pouvoir exprimer ce genre de choses. Elle met des pizzas surgelées au four pour le dîner et s'accroupit pour vérifier la température.

Un jour, on va dans un grand magasin en voiture où on achète de la peinture, des cadres, un lit double pour remplacer les couchettes superposées, une fougère, une plante grasse, deux cactus, des lampes, une petite table, une nappe, des tasses avec les initiales S et J, des verres à vin, un vase, des clous, une cafetière, du joint pour la salle de bains et de l'eau de Javel. On repeint la maison, on met des photos, on change les meubles de place.

Un jour, pendant dix minutes, je ne pense pas à Septembre. Un jour, je pense à comment ça serait si Septembre était encore en vie, et je ne sais pas ce qu'il vaut mieux.

Un jour, je reçois une réponse favorable de la part d'une université où j'ai posé ma candidature. Ce n'est pas la première sur ma liste, mais pas non plus la dernière. Maman allume la radio, on met presque toutes mes affaires dans des cartons. Son écriture est quasi illisible. Elle note : CSINE, LVRES, LING LT, HBITS. Tout tient à l'arrière de la voiture. On s'arrête dans une station-service pour avaler une salade de pâtes et un gâteau à la carotte. On discute des matières que Septembre aurait choisies à l'université, on se demande si on aurait fait nos études ensemble. Certainement. On se perd dans les rues à sens unique de la ville et maman se dispute très fort avec un automobiliste pendant que je décharge mes affaires sur le trottoir.

Un jour, je pense : je n'aurais pas fait ça si elle avait été là. Je prends un raccourci à travers le parc, et cette pensée pèse sur mes épaules. J'ai envie de m'asseoir sur un banc, mais mes jambes refusent de m'obéir. Je quitte rapidement le parc et je prends la rue pleine de voitures, de gaz d'échappement, de sonneries de téléphone, de gens qui marchent dans tous les sens. Cette pensée se diffuse en moi. La voilà. Voilà la vérité. Ce n'est pas ce que j'aurais fait si elle avait été là. Si elle avait été là, je n'aurais pas été capable de vivre.

5

Ce n'est pas comme ça que ça s'est passé.
Ce
n'est
pas
comme
ça
que
ça
s'est
passé.

La Settle House est béante autour de moi. J'ai un pied sur la première marche de l'escalier, la main droite sur la rampe. J'essaie de mettre l'autre pied sur la marche mais quelque chose m'en empêche. J'ai la bouche sèche, je suis là depuis très longtemps. Je sens les larmes qui se forment dans mes yeux juste avant de couler. J'ai promis, je me dis, et je n'ai pas oublié ma promesse. Cette pensée n'est pas claire, car elle n'est pas tout à fait mienne. Il y a quelque chose en suspens derrière ces mots, hors de ma vue, comme une protestation. J'ai promis, et ces mots grandissent, emplissent tout, ils deviennent solides et épais. Je me dis : Je t'aime je t'aime je t'aime, et je sens ma mâchoire s'ouvrir sans que je le dise, les mots expulsés hors de moi. Jetaimejetaimejetaimejetaime.

Puis il y a un terrible courant d'air, Septembre qui me fonce dessus. Elle arrive sans douceur, sans aucune intention pacifique. Ma sœur est un trou noir ma sœur est une fenêtre murée ma sœur est une maison en flammes ma sœur est un accident de voiture ma sœur est une longue nuit ma sœur est une bataille ma sœur est là. Septembre ferme mes lèvres. Je comprends, pour la première fois, la promesse que je lui ai faite, son sens précis : s'il ne devait rester que l'une de nous deux, ça serait toi. Mes bras sont tes bras, mes jambes sont tes jambes, mon cœur, mes poumons, mon estomac, mes doigts, mes yeux, tout est à toi. Elle m'est aussi familière qu'une chanson, mes mains se lèvent sans que je le leur demande, mes jambes se mettent au garde-à-vous. Un instant, je pense non (nonnonnonnonnonnon), mais c'est trop tard. Il y a quelqu'un en moi, qui utilise ma bouche pour s'exprimer, qui me tient.

6

Si les esprits sont des maisons qui comportent plusieurs pièces, dans ce cas, je vis à la cave. Tout y est sombre et silencieux. Parfois, je perçois un mouvement au-dessus de ma tête, l'eau qui coule dans les tuyaux ou quelque chose qui digère lentement. Parfois, une lumière éclaire l'endroit où je vis. Les coins, les creux sous l'escalier, chaque petit trou. Les murs sont humides au toucher. J'ai rapetissé pour m'y adapter, je me suis allongée comme les vipères qui pondent dans les grandes herbes près de la plage.

Si les esprits sont des maisons qui comportent plusieurs pièces, alors, Septembre les occupe toutes. Ces pièces sont vastes comme des églises. Ma sœur grandit et enfle pour les combler, ses pensées sont bruyantes comme des cornes de brume qui retentissent à la manière de cloches. Je ne sais pas à quoi ressemblent les pièces de Septembre, mais je les imagine. La plage à marée basse avec ses kilomètres de sable, de l'eau jusqu'à l'infini. Parfois, je pense au fourmirama et je me dis que c'est comme ça ici, tout s'est effondré, les tunnels se sont écroulés juste après mon passage.

Un dimanche matin, je fais un gâteau, je découpe une part et je vais au jardin avec une tasse de thé. Le soleil brille. L'air sent la mer et le romarin qui a poussé tout autour. Un peu plus tôt, je me suis regardée dans le miroir, j'ai des cheveux blancs et je reconnais à peine mon visage. J'ai voulu appeler maman, mais la maison est vide. J'ai tenté de compter les années écoulées, de comprendre ce que j'ai manqué, mais c'était trop, alors, j'ai renoncé. Dans le jardin ensoleillé, je sens Septembre en moi, qui insiste, qui se rappelle sans cesse à mon souvenir. Je pose les mains sur la table et je les observe en me disant qu'elles ne m'ont jamais véritablement appartenu. Je me souviens de Septembre qui marchait dans cette tempête qui l'a tuée, qui dansait entre les troncs d'arbres, qui riait en direction du ciel. Elle était en vie, tellement en vie qu'elle volait la vie de tout le monde autour d'elle. J'étais à l'arrière de son crâne, à peine présente, une touche de couleur, une ombre. Et avant ça, dans notre jeunesse, il n'y avait en réalité que Septembre. Moi, j'étais un appendice. La sœur de Septembre.

Mes pensées sont brouillonnes et floues. Septembre s'agite en moi. Je ferme les yeux. Ça devait se passer comme ça. Ça n'aurait pas pu se passer autrement. Ç'aurait dû être moi, ce jour-là. J'entends Septembre qui murmure, qui se lève. J'ai fait cette promesse, il y a très longtemps. Quelle promesse ? La promesse des promesses. Alors, j'honore ma promesse. C'est la seule chose qu'il me reste.

REMERCIEMENTS

Il me faut remercier tant de gens qu'ils ne peuvent tenir sur une page. Toutes les éventuelles erreurs de ce livre sont de mon fait. Ni succès ni rien d'autre n'auraient pu être accomplis sans :

Sarah McGrath de chez Riverhead. Merci pour avoir donné sa chance non seulement à ce livre, mais aussi au suivant. Merci à tous les éditeurs étrangers qui ont accepté de publier ce roman.

Chris Wellbelove, mon agent, qui pèse chaque mot que j'écris avec patience et humour. Ce livre est presque autant le sien que le mien.

Toute l'équipe de chez Aitken Alexander. Lesley, Anna, Lisa, Alex, Clare, Amy, Monica.

Ana Fletcher, mon éditrice, sans qui je ne m'imagine pas écrire. Elle parvient toujours à dégager une idée du flux, à l'épousseter et à la rendre lumineuse.

Mia, Joe, Suzanne, Daisy, Michal. Jonathan Cape et tous ceux qui y voguent.

Tom, Kiran et Sarvat pour continuer à être là pour moi dans la vie et dans l'écriture.

Jess, Lucy, Jessie, Gabby, Paul, Joseph Nick, Laura, Ric, Matt, Ellie, Amelie, Ruby.

Susie, Martin et Anna Bradshaw pour m'avoir acceptée comme un membre de leur famille.

Mon grand-père.

Ma grand-mère pour son courage et sa férocité.

Polly et Jake.

Mon père pour sa ténacité et son amour de la cuisine. Pour être toujours là.

Ma mère pour regarder avec moi des films d'horreur qu'elle n'a pas vraiment envie de voir. Pour lire tous les livres que je lui donne. Pour être toujours là.

Matt, pour accepter les livres autant qu'il m'accepte, moi. Pour tout ce que tu as fait et continues à faire. Pour tout ce qui nous attend à l'avenir.

Les libraires.

Vous, qui que vous soyez, pour donner une chance à ce livre.

De la même autrice :

Tout ce qui nous submerge, Stock, 2019 ; Le Livre de Poche, 2020.

PAPIER À BASE DE FIBRES CERTIFIÉES

Le Livre de Poche s'engage pour l'environnement en réduisant l'empreinte carbone de ses livres. Celle de cet exemplaire est de :
250 g éq. CO_2
Rendez-vous sur www.livredepoche-durable.fr

Composition réalisée par Belle Page

Achevé d'imprimer en décembre 2022 en Espagne
par BLACKPRINT
Dépôt légal 1re publication : janvier 2023
LIBRAIRIE GÉNÉRALE FRANÇAISE
21, rue du Montparnasse – 75298 Paris Cedex 06

39/5235/0